다흑 X 페블러스

안녕하세요. 볼파이톤입니다.

안녕하세요.
다정한 남자 다흑입니다.

최강 페뮬러스와 함께 볼파이톤의 진가를
알릴 수 있게 되었습니다.

이번 도서에서는 보다 풍부한 사육정보를
담고자 노력했습니다.

다흑과 페뮬러스가 준비한 다양한
콘텐츠도 놓치지 말아주세요.

안녕하세요.
페뷸러스입니다.

긴 숙원 같던 볼파이톤 전문 도서를
다흑님과 함께 제작하게 되었습니다.

많은 분들에게 볼파이톤의 매력을 알리고
사육에 도움이 될만한 다양한 정보들을 담았습니다.

언제든 궁금하신 점이 있으시면
페뷸러스를 찾아주세요!

볼파이톤 이야기

"얼굴이 매력인 뱀 볼파이톤! 신속한 소개"

QR 스캔

페뷸러스의 FABULOUS

볼파이톤 이야기

"전 세계에서 가장 많이 키우는 애완 뱀!
볼파이톤을 지금 바로 키워보자!
볼파이톤 사육정보! 입문자 필수 영상!!
Ball Python"

QR 스캔

THE ZOO

더쥬 | 국내 No.1 희귀 애완동물샵

FABULOUS
페뷸러스

파충류 분양 & 번식의 모든 것

볼파이톤 오프 한눈에 보기

01

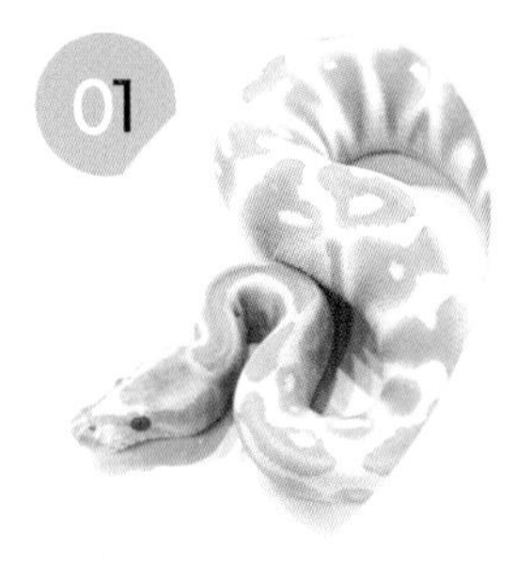

알비노
Albino

02

아잔틱
Axanthic

03

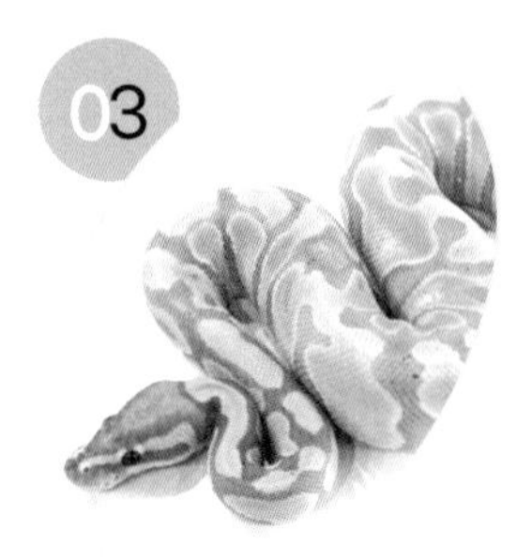

바나나
Banana

04

초콜릿
Chocolate

05

시나몬
Cinnamon

06

클라운
Clown

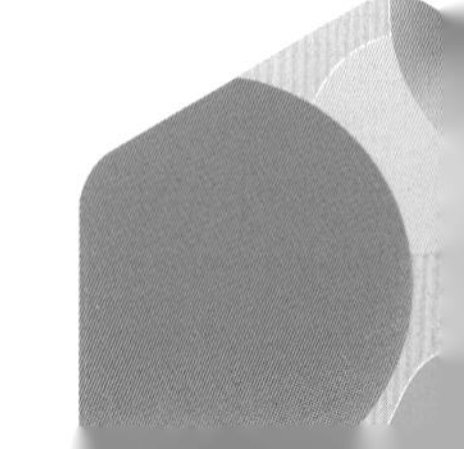

07

데저트고스트

Desertghost

08

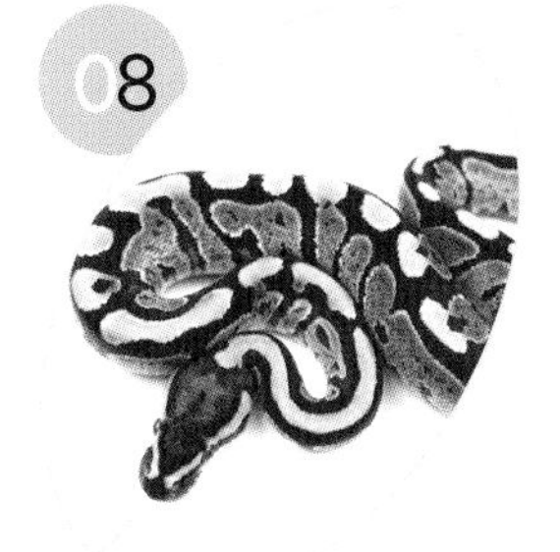

파이어

Fire

09

지에이치아이

G.H.I

10

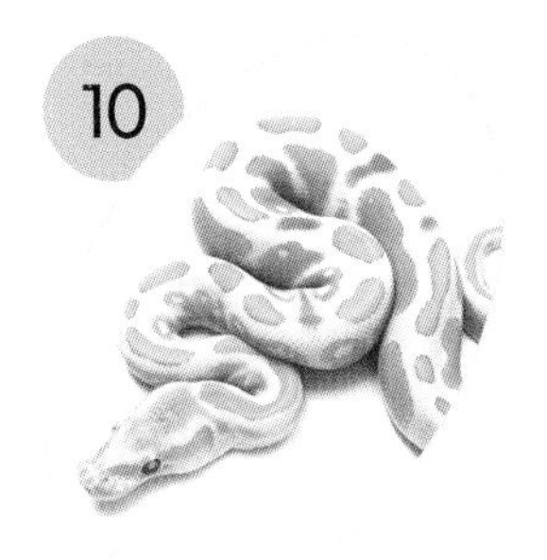

라벤더 알비노

Lavender albino

11

레오파드

Leopard

12

모하비

Mojave

13

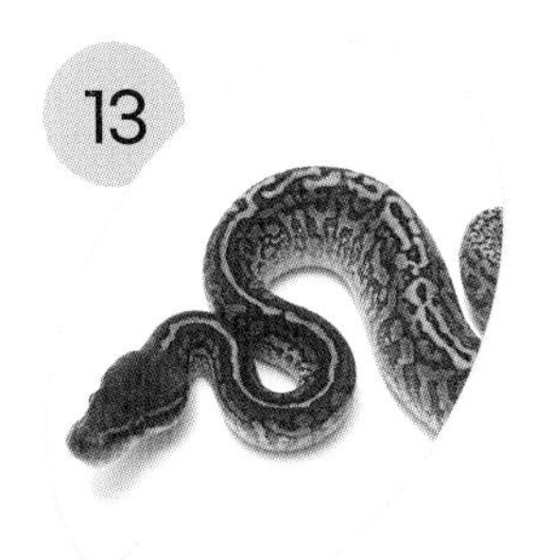

몬순

Monsoon

14

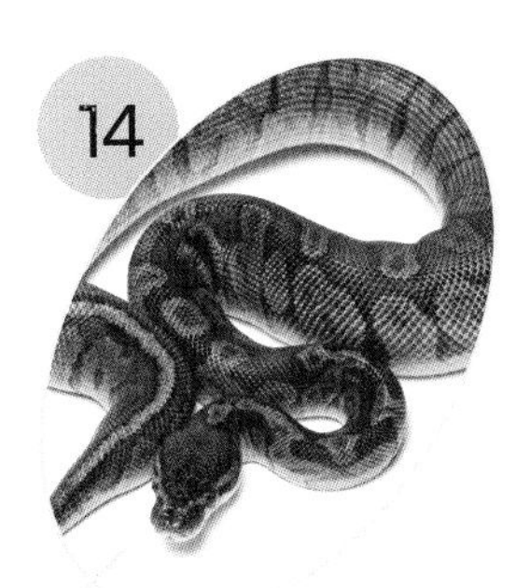

선셋

Sunset

15

오렌지드림

Orangedream

16

파스텔
Pastel

17

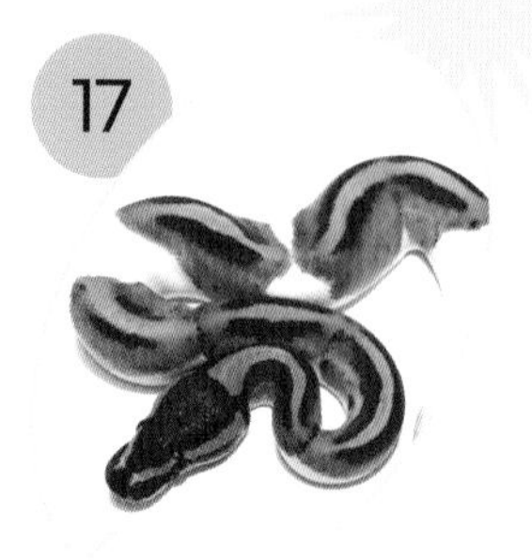

파이볼드
Piebald

18

옐로벨리
Yellowbelly

19

트라이스트라이프
Tri-stripe

20

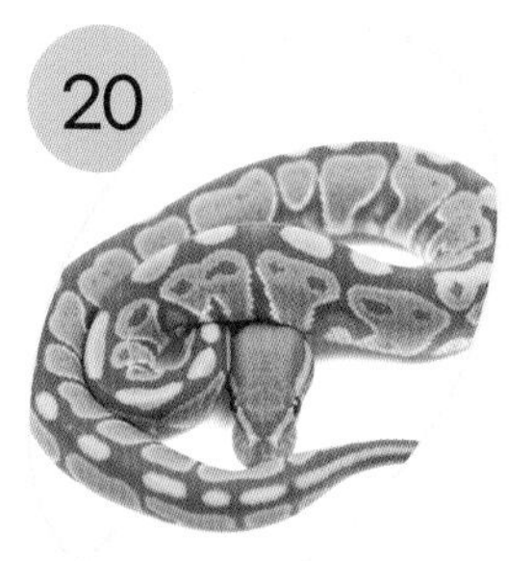

울트라멜
Ultramel

21

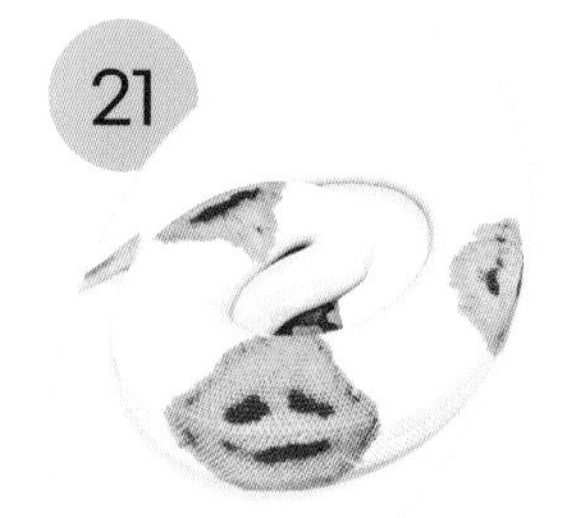

이모지
Emoji

22

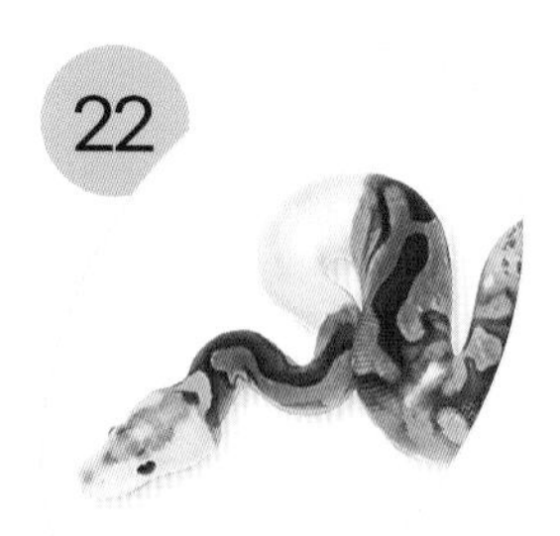

패러독스
Paradox

이 책의 차례

이 책의 차례

볼판이톤 관련 지식을 쌓아보세요. 볼파이톤의 모프를 확인해보세요.

알고 가기

볼파이톤의 모프와 유전

볼파이톤의 모든 모프들은 '멘델의 유전법칙'에 따라 존재합니다. 다음 이어지는 내용은 독자분들이 쉽게 이해할 수 있도록 풀어쓴 내용입니다.

가장 먼저 내가 키우고 싶은 모프가 아래 세 가지 중 어떤 분류에 해당하는지 파악하면 2세에서 어떤 아이가 태어날지 계산하기 쉽습니다. 보통 제가 입문자에게 설명할 때 주로 사용하는 방법입니다. 멘델의 유전법칙이 어려워도 아래 내용만 알면 정말 쉽습니다!

01	**열성** Recessive	수줍음이 많은 유전자. 양쪽 모두 만나지 않으면 겉으로 모습을 드러내지 않아요.
02	**우성** Dominant	어디서든 당당한 유전자. 혼자서도 모습을 드러내는 경우가 있어요.
03	**불완전 우성** Incomplete Dominant	엄청난 자신감을 가진 유전자. 어디서든 모습을 드러내요.

예시

철수가 기존에 키우고 있던 암컷 볼파이톤 모프는 "모하비(MOJAVE)", 여기서 "모하비(MOJAVE)"라고 하는 모프는 불완전 우성(Incomplete Dominant)에 속하는 유전자로써 모하비 × 모하비 불완전 우성 유전자가 가 만나면 슈퍼 모하비(Super Mojave)로 변합니다. 하지만 슈퍼 모하비 단일 인자만 유전될 때 표현형은 우성과 같다고 보시면 됩니다!

모하비 × 모하비 → 슈퍼 모하비(Super Mojave)

어느날 철수는 암컷 모하비의 짝을 맞추기 위해 페뷸러스에 방문하였습니다. 페뷸러스에 있는 수컷 볼파이톤의 모프는 아래와 같이 세 마리가 있습니다.

예시

① 알비노 수컷 열성 Recessive: 수줍음이 많은 유전자라서 양쪽 모두 만나지 않으면 겉으로 모습을 드러내지 않음

② 레오파드 수컷 우성 Dominant: 어디서든 당당함이 많기 때문에 혼자서도 모습을 드러내는 경우가 있음

③ 슈퍼 파스텔 불완전 우성 Incomplete Dominant: 엄청난 자신감을 가진 유전자라서 어디서든 모습을 드러냄

위 수컷들과 철수의 모하비 암컷이 번식했을 때 태어날 수 있는 모프는 다음과 같습니다.

① 알비노 수컷 × 모하비 암컷 ➡
★ 노멀 100% 헷 알비노(Normal 100% Het Albino)
★ 모하비 100% 헷 알비노(Mojave 100% Het Albino)

슈퍼 폼이 아닐 때 모하비는 우성인자이며, 기본 바탕인 노멀인자도 보유되었기에 모하비가 유전이 안 되면 겉으로 노멀의 외형만 발현됩니다. 단, 수컷이 알비노기 때문에 알비노 인자를 물려받아서 2세들은 전부 100% 헷 알비노가 됩니다! 알비노는 수줍음이 많기 때문에 절대 혼자서는 겉으로 발현되지 않는 유전자입니다.

다음은 레오파드 수컷입니다. 우성(Dominant) 형태이고, 어디서든 당당함이 많기 때문에 혼자서도 모습을 드러내는 경우가 있습니다.

이렇게 4가지의 모프가 태어난다고 보면 됩니다. 앞에서 노멀을 설명했던 것처럼 레오파드나 모하비 인자가 둘 다 발현이 안 될 경우 기본인 노멀이 태어나고, 엔치 모하비 유전 유무에 따라 총 4가지의 볼파이톤을 만날 수 있습니다. 단, 여기서 어떤 모프가 얼마나 나올지는 전부 랜덤입니다. 물론 수학적 확률은 존재하지만 절대 계산대로 나오지 않는다는 것에 주의해야 합니다!

다음은 슈퍼 파스텔 수컷입니다. 슈퍼 파스텔(Super Pastel)은 파스텔 + 파스텔 우성 유전자가 만나 불완전 우성(Incomplete-Dominant) 슈퍼 폼으로 바뀐 형태입니다. 슈퍼 폼이 되었을 땐, "엄청난 자신감을 가진 유전자"라서 어디서든 모습을 드러낸다고 보면 됩니다.

노멀이 나오지 않는 이유는 슈퍼 파스텔 수컷의 영향으로 무조건 2세는 파스텔이 되기 때문입니다.

여기까지 대표적인 볼파이톤의 유전자 공식이라고 보면 됩니다! 위 내용을 토대로 새로운 볼파이톤을 입양하실 계획이라면, 위 분류에서 어디에 해당하는지만 찾아보면 어떤 2세들이 태어날지 예측해볼 수 있습니다.

❶ INFO

소개 & 역사

안녕하세요.
볼파이톤입니다.

볼파이톤은 아프리카 태생의 뱀으로 세계에서 가장 많이 길러지는 순한 애완 뱀입니다. **볼파이톤**(Ball Python)이라는 이름의 '볼(Ball)'은 놀라거나 겁을 먹으면 **공처럼 몸을 동그랗게 말아 보호하는 데에서 유래**했으며 '파이톤(Python)'은 비단구렁이라는 뜻입니다.

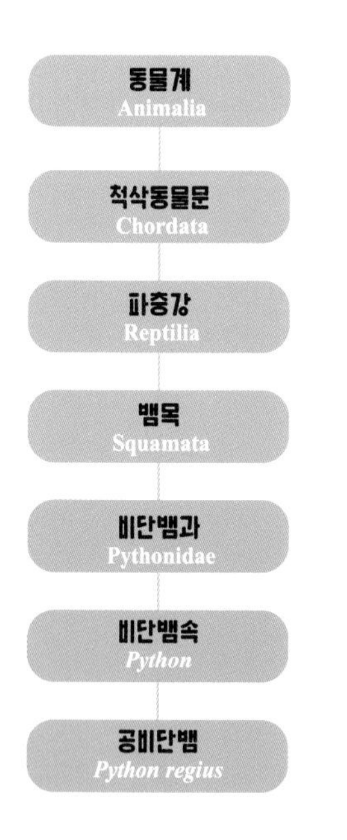

유럽에서는 로얄 파이톤(Royal Python)이라고도 불리며 학명인 *Python regius*의 'regius'는 라틴어 'rex'에서 유래한 단어로 역시 로얄(Royal), 왕을 뜻하는 단어입니다. 이러한 이름을 가지게 된 이유는 오래 전 아프리카 지도자가 마치 장신구처럼 볼파이톤을 둘렀기 때문이라고 알려져 있습니다.

장신구처럼 둘러도 괜찮을 정도로 온순한 성격, 비교적 작은 크기와 다양하고 아름다운 외형의 모프로 인해 세계 각지에서 반려동물로 인기를 끌고 있습니다.

새벽녘과 해질녘에 가장 활발하게 돌아다니는 야행성이며, 일정한 곳에 자리를 잡고 사는 정주성 동물입니다. 변온동물이기 때문에 스스로 체온을 조절할 수 없어 적정온도에서 사육하여야 합니다. 또한 단독생활을 하는 종이고, 외로움을 타지 않기 때문에 2마리 이상을 함께 사육하는 것은 추천하지 않습니다. 평균적으로 20~35년간 살며, 가장 오래 산 뱀으로 기록된 뱀의 종도 볼파이톤입니다.

소리로 커뮤니케이션을 하지 않고 짖거나 울지 않기 때문에 소음이 없습니다. 무리생활을 하는 종도 아니고, 지능이 높은 편도 아니기 때문에 주인을 알아보지 못하며 말은 알아듣지 못합니다. 배설물에서는 냄새가 나지만 몸에서 악취가 나지 않기 때문에 실내에서도 키우기 적합합니다.

볼파이톤의 역사

최근에서야 볼파이톤이라는 종에 대해 알게 되신 분들도 있겠지만, 사실 볼파이톤은 오랜 시간 인류와 함께한 종입니다. 17~18세기 유럽에서는 아프리카 동서 해안의 무역항로가 열렸습니다. 세계 각지를 항해한 선원들이 가져온 여러 동식물과 공예품이 유행했으며, 자신만의 컬렉션을 남기려는 마음도 커졌습니다. 상인 겸 약사이자 열정적인 수집가 중 한 명이었던 Albertus Seba는 자신의 수집품을 책으로 남겼습니다. 그의 책에는 볼파이톤의 일러스트도 실려 있었습니다.

Albertus Seba

출처 01

아주 오래 전부터 아프리카 원주민 중 일부는 뱀을 섬겼다는 기록이 있습니다. 파이톤 하우스라고 불리는 사원에서 뱀에게 먹이를 주기도 하고, 뱀을 다치게 한 사람은 중형에 처하는 등 뱀은 경배와 숭배를 한몸에 받는 대상이었습니다.

1980년대에 들어서 야생 볼파이톤이 반려용으로 다양한 나라에 전파되기 시작했습니다. 볼파이톤의 첫 모프인 알비노가 번식으로 얻을 수 있다는 것이 검증되며, 모프 볼파이톤에 대한 관심도 높아지기 시작했습니다. 다양한 외형의 볼파이톤이 수출되면서 반려용 볼파이톤의 인기도 함께 높아졌습니다.

01 알비노 Albino

디리딩~ 딩딩♬ 알비노 입장!

▶ 타입: 열성 유전자 Recessive

▶ 같은 계통 유전자: 토피 Toffee, 캔디 Candy

최초의 알비노 유전자는 1989년 가나에서 발견된 것으로 알려져 있습니다. 또한 최초의 알비노 수컷을 미국으로 수입하여 검증한 브리더는 Bob Clark Reptiles로 1992년 그의 노력에 의해 알비노가 열성 유전자임이 검증되었습니다. 최초의 알비노 수컷은 1994년 도난당했지만 당시 부화 예정이던 알에서 다시 알비노가 태어나면서 계속 알비노 볼파이톤을 지킬 수 있었습니다. 알비노는 색소 결핍을 일으키는 유전자로 어두운 볼파이톤의 외형을 밝고 아름답게 바꿔주는 힘을 가지고 있습니다. 노란색, 흰색으로 볼파이톤을 변화시켜주며 붉은색 눈을 갖는 것이 특징입니다.

예쁜 애 옆에 예쁜 애

알비노 핀스트라이프

Albino Pinstripe

알비노 스파이더

Albino Spider

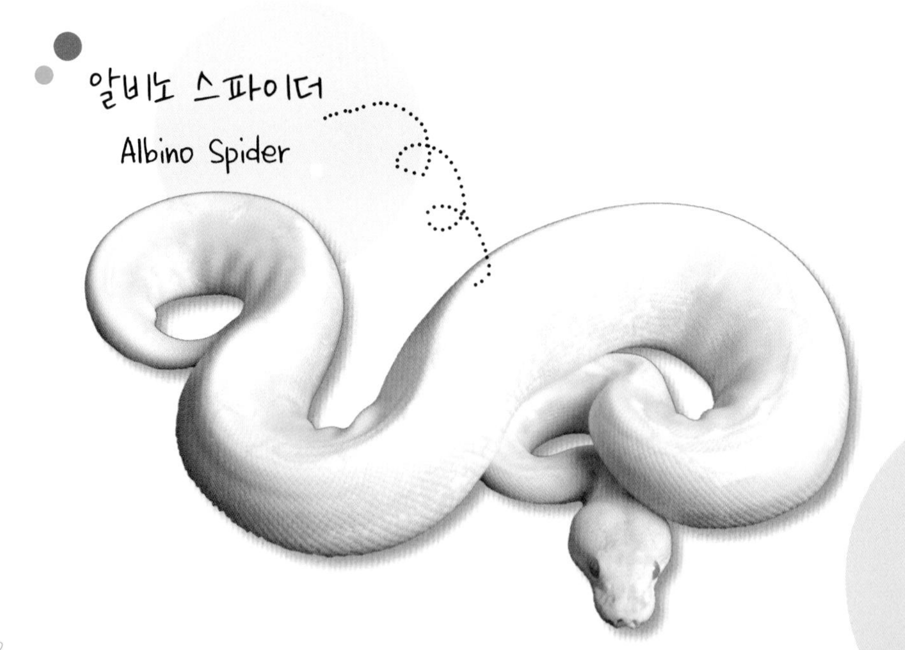

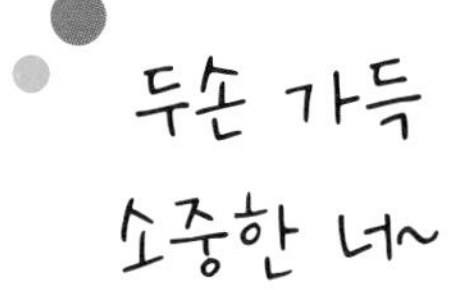
두손 가득
소중한 너~

꾸~♡

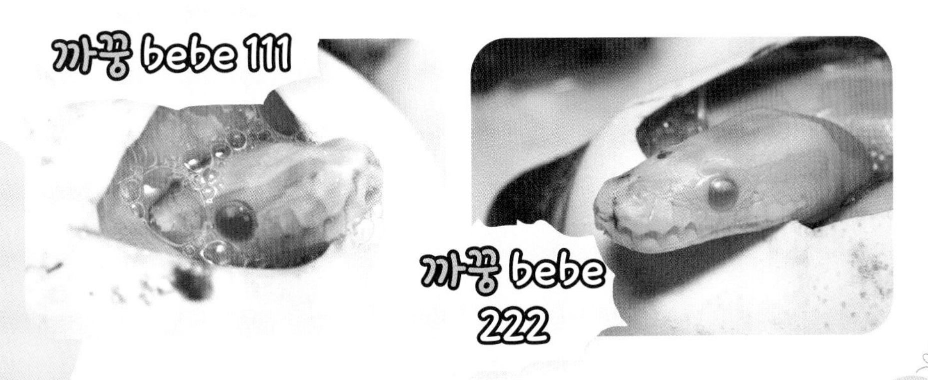
까꿍 bebe 111
까꿍 bebe 222

02 아잔틱 Axanthic

아잔틱(Axanthic) - T.S.K Line

▶ 타입: 열성 유전자 Recessive

▶ 같은 계통 유전자: TSK Axanthic, VPI Axanthic, Joliff Axanthic, MJ Axanthic, GCR Axanthic, Black Axanthic

볼파이톤의 아잔틱은 굉장히 다양한 라인이 존재하는데 각 라인마다 최초의 검증 브리더명 혹은 새로운 이름으로 불리고 있습니다. 각자 다른 유전자이므로 서로 호환되는 유전자가 아닙니다. 아잔틱은 황색 색소의 결핍을 일으키는 모프로 볼파이톤의 발색에 영향을 주며, 주로 짙은 회색, 검은색, 흰색으로 나타납니다. 최초의 아잔틱은 1997년경 발견되었으며, 가장 마지막에 아잔틱 라인이 발견된 것은 2010년입니다.

슈퍼 파스텔 아잔틱 Super Pastel Axanthic

파스텔 아잔틱 파이드 Pastel Axanthic Pied

파스텔 아잔틱 클라운 Pastel Axanthic Clown

아잔틱 파티원 모집!

아잔틱 파이드 Axanthic Pied

2 INFO

볼파이톤의 외형

볼파이톤의 성체 길이는 **평균 110~150cm, 크게는 180~200cm까지** 자랍니다. 두께가 굵고 보통은 웅크린 자세를 하고 있어 길이에 비해 크게 느껴지지 않습니다. 무게는 수컷은 1~1.5kg, 암컷은 1.5~2.5kg 정도이며, 그 이상으로 크는 경우도 있습니다. 야생 볼파이톤의 경우 평균 125cm, 무게 2kg 안쪽으로 자란다고 합니다. 갓 태어난 새끼 볼파이톤의 평균 길이는 40cm, 몸무게는 50~60g입니다.

볼파이톤은 파이톤속 중 소형종에 속하며, 아프리카에서 서식하는 파이톤 중 가장 작은 종이기도 합니다. 사바나에서 살기 때문에 위장에 유리한 황갈색의 몸과 짙은 고동색의 패턴을 가지고 있으며, 배는 크림색을 띱니다. 새끼 때는 비교적 채색이 밝고 진하지만 자라면서 전체적인 채색이 옅어지고 노란 부분이 베이지색으로 변합니다.

몸에 비해 작은 크기의 얼굴엔 까맣고 동그란 눈과 고양이를 연상시키는 'ㅅ'자 입이 있는데, 이런 귀여운 외형과 몸의 채색을 변화시키는 수많은 '모프' 덕분에 많은 입문자와 마니아의 사랑을 받고 있습니다.

몸 색이나 눈 색을 변화시키는 '모프(Morph)'라는 뜻은 유전적으로 외형을 2세에게 물려주어 우리가 눈으로 그 외형을 구분할 수 있는 형태라는 뜻입니다(우연히 한 번 발현되는 형태는 모프라고 안 합니다). 외국에서는 Genetic Mutation이라고도 하는데 이 뜻은 유전적 변이라는 뜻입니다.

Acid
Adder
AHI
Albino
Arroyo
Asphalt
Axanthic (GCR)
Axanthic (Jolliff)
Axanthic (MJ)
Axanthic (TSK)
Axanthic (VPI)

Bamboo
Banana
Black Axanthic
Black Head
Black Lace
Black Pastel
Blade
Bongo

Calico
Candy
Caramel Albino
Champagne
Chocolate
Cinder
Cinnamon
Clown
Confusion
Cryptic
Cypress

Desert Ghost
Disco
Dinker

Enchi
Eramosa
Enhancer

Fire

Genetic Stripe
GeneX
GHI
Granite
Gravel
Grim

Harlequin
Het Daddy
Het Red Axanthic
Hidden Gene Woma
Honey
Huffman
Hybrid
Hypo

Jaguar
Jungle Woma
Java

Lace
Lavender Albino
LC Black Magic
Leopard
Lesser

Mahogany
Mario
Marvel
Metal Flake
Microscale
Mocha
Mojave
Monarch
Monsoon
Mosaic
Motley
Mystic

Nanny
Normal
Nr Mandarin
Nyala

Orange Crush
Orange Ghost
Orange Dream

Paint
Paradox
Pastel
Peach
Piebald
Pinstripe
Pixel
Puzzle

Rainbow
Raven
Razor
Red Gene
Red Stripe
Redhead
Ringer
Russo

Sable
Scaleless Head
Shatter
Spark
Special
Specter
Spider
Spotnose
Static
Stranger
Sunset

Tri-stripe
Trick
Trident
Trojan
Twister

Ultramel

Vanilla
Vudoo

Web
Whitewash
Woma
Wookie

X-treme Gene

Yellow Belly

Zebra
Zuwadi

다양한 모프

열을 감지할 수 있어 먹이를 찾을 때 유용한 피트 기관이 윗입술 위에 줄지어져 있습니다. 아래턱에는 선으로 보이는 주름이 있는데 이 주름은 먹이를 먹을 때 펴지며 큰 먹이를 먹는 데 도움을 줍니다. 총배설강(배설기관·생식기관) 양옆에 흔적 발톱이 하나씩 나 있습니다. 파이톤의 경우 수컷의 흔적 발톱이 암컷보다 더 큰 경우도 있지만, 볼파이톤은 크게 차이가 없어 육안으로 성별을 구별하기는 어렵습니다. 보통 뱀들은 자신의 몸을 지키기 위해 종마다 다양한 방어 행동을 가지고 있습니다. 배변, 죽은 척, 몸을 빠르게 움직여 부딪치는 행동, 물기, 꼬리 흔들기, 몸을 부풀리기 등 다양한 행동을 통해 자신을 건드리지 말라는 위협 행동을 하곤 합니다. 그러나 볼파이톤은 자신의 몸을 지키기 위해 공격적인 행동을 취하는 대신 머리를 중심으로 몸을 돌돌 말아 공 모양의 자세를 취하는 것이 일반적인 방어 메커니즘입니다. 소수의 볼파이톤이 위협용으로 무는 척(닿을 거리가 아니더라도 허공을 향해 물기도 합니다), 무는 행동 등을 보이지만 흔한 경우는 아닙니다. 이런 행동들은 보통 어린 볼파이톤이나 번식 시즌에 증가합니다. 사람이나 사육환경에 익숙해진 볼파이톤은 이런 방어 행동을 하지 않아도 되기 때문에 만지더라도 몸을 말지 않고 스르륵 움직이는 경우가 많습니다.

물론, 반대로 몇 년간 키우더라도 거의 항상 공 모양을 하고 있는 볼파이톤도 있습니다. 아무래도 공격성이 적기 때문에 반려 뱀으로서 많은 인기를 얻게 된 것 같습니다. 다만 오래 키운 개체들도 쥐 냄새가 감지되고 배고픈 상태에선 손이나 온도에 따라 본능적으로 움직이기에 항상 주의해야 합니다.

03 바나나 Banana

바나나 레오파드 옐로벨리
Banana Leopard Yellowbelly

▶ 타입: 불완전 우성 유전자 Incomplete Dominant

▶ 같은 계통 유전자: 코랄 글로우 Coral Glow

바나나는 '코랄 글로우라'라는 이름으로 시작되었습니다. 최초의 바나나 유전자의 검증은 NERD가 시작하였고, 추후 바나나를 닮은 외형으로 이름을 변경하면서 더욱 큰 인기를 얻었습니다. 아름다운 외형 때문에 많은 마니아들에게 사랑을 받고 있으며, 코랄 글로우와 바나나는 같은 모프라고 보면 됩니다.

바나나 특유의 노란 색감을 나타내며, 성장하며 몸에 불특정하게 점이 나타나서 더욱 바나나를 연상시킵니다. 불완전 우성 유전자이기 때문에 슈퍼 폼인 슈퍼 바나나가 존재하며 슈퍼 바나나를 교배할 경우 2세는 전부 바나나가 유전됩니다.

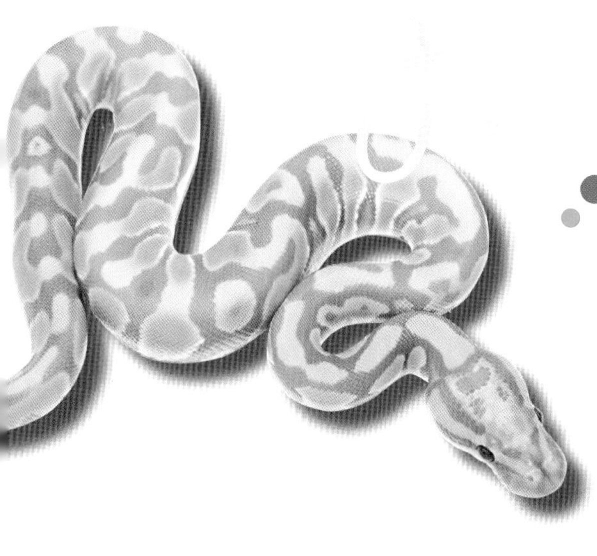

바나나 엔치

Banana Enchi

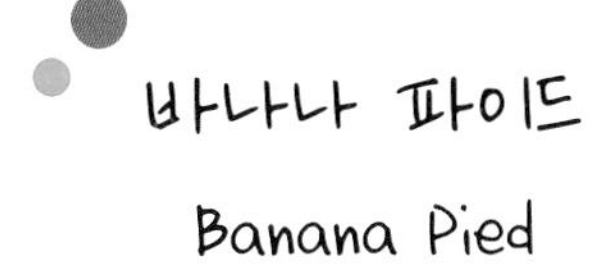

잠깐!? 바나나 유전자의 재미있는 특징

바나나 멜 메이커(Male Makers) 수컷에서 태어나는 2세 바나나 모프가 유전된 개체는 수컷이며, 모프가 유전되지 않은 개체들은 암컷입니다.
바나나 피멜 메이커(Female Makers) 수컷에서 태어나는 2세 바나나 모프가 유전된 개체는 암컷이며, 모프가 유전되지 않은 개체들은 전부 암컷입니다.

* 적은 확률로 암수가 나오기도 함

바나나 시나몬 엔치
Banana Cinnamon Enchi

바나나 엔치 파이드
Banana Enchi Pied

바나나 오렌지드림 옐로벨리 파이드
Banana Orangedream Yellowbelly Pied

바나나 오렌지드림 레오파드 옐로벨리

Banana Orangedream Leopard Yellowbelly

바나나 파스텔 시나몬

Banana Pastel Cinnamon

04 초콜릿 Chocolate

초콜릿 Chocolate

출처 02

초콜릿 스팟노즈 레오파드
Chocolate Spotnose Leopard

▶ 타입: 불완전 우성 유전자 Incomplete Dominant

▶ 같은 계통 유전자: 우키 Wookie, 스팟노즈 Spotnose

초콜릿은 1999년 BHB Reptiles에 의해 유전자임이 밝혀졌습니다. 추후 슈퍼 초콜릿까지 태어나며 슈퍼 폼이 증명되었습니다, 일반적인 초콜릿은 주로 고동색에 가까운 어두운 발색을 보이며, 등 무늬는 스트라이프 형태입니다. 최근 스팟노즈와 대립 유전자임이 밝혀지며, 다양한 모프들과의 대립 관련성에 대해서도 많은 언급이 되고 있는 중입니다.

슈퍼 초콜릿
Super Chocolate

초콜릿보다
달콤한 나의 매력
초코 초코해

블랙파스텔 초콜릿 옐로벨리 고스트
Blackpastel Chocolate Yellowbelly Ghost

출처 03

초콜릿 스팟노즈 옐로벨리
Chocolate Spotnose Yellowbelly

출처 04

초콜릿 옐로벨리
Chocolate Yellowbelly

출처 05

출처 06

시나몬 초콜릿

Cinnamon Chocolate

우키 초콜릿

Wookie Chocolate

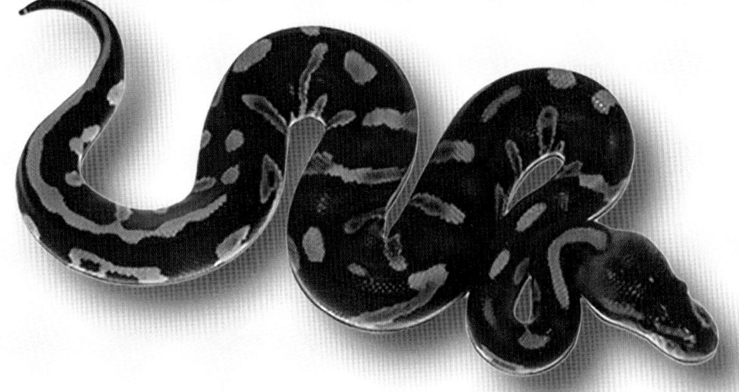

출처 07

③ INFO

서식지 환경

볼파이톤은 서아프리카, 중앙아프리카가 원산지인 종으로 **적도 주변에 서식**하고 있습니다. 세네갈, 감비아, 기니비사우, 시에라리온, 라이베리아, 코트디부아르, 가나, 토고, 베냉, 부르키나파소, 니제르, 나이지리아, 카메룬, 중앙아프리카공화국, 콩고, 우간다, 남수단, 차드 등 많은 나라에 서식하고 있으며, 그중에서도 **코트디부아르, 가나, 베냉, 토고 4개국**에 특히 많이 살고 있습니다.

야생 볼파이톤은 호저, 쥐, 다람쥐 등 설치류가 파둔 빈 굴에 숨어 지내거나 오래돼 개미가 살지 않는 개미집에 들어가 삽니다. 밤이 되면 굴 입구에서 꼼짝 않고 매복한 뒤 사냥감이 앞을 지나가면 잡아먹기도 합니다.

아프리카에 우기가 찾아오게 되면 살고 있던 굴이 물에 잠기는 경우도 있고, 온도가 높지 않고 풀이 무성하게 자라 몸을 숨길 수 있게 되면 사냥감을 찾아 돌아다니기도 합니다. 다시 건기가 찾아오면 굴속으로 들어간 뒤 가만히 지내며 종종 굴 앞을 지나가는 먹이를 잡아먹습니다. 볼파이톤 사육 시 한 번쯤 맞닥뜨리게 되는 장기간 거식 또한 이런 생태가 반영된 것일 수도 있습니다. 건강에 이상이 없다면 장기간 거식은 자연스러운 생태이고 몸에 무리도 오지 않기 때문에 굳이 어느 정도 성장이 된 볼파이톤을 어시피딩, 포스피딩, 생먹이 피딩 등으로 먹이를 먹일 필요는 없습니다.

아프리카 기후와 볼파이톤 생활 사이클은 다음과 같습니다. (한국 기준이 아닙니다)

※ 평균 온도와 강수량은 가나 기준으로 볼파이톤 서식지가 전부 이렇지는 않습니다.

1월
- 일 년 중 가장 덥고 비교적 건조하며, 북풍의 영향으로 야간은 시원합니다.
- 월간 강수량은 20㎜ 정도, 기온은 30℃를 넘습니다.
- 암컷은 알을 가진 상태로 아침에 일광욕을 합니다.

2월
- 덥고 밤에도 비교적 따뜻합니다.
- 월간 강수량은 40㎜ 정도, 기온은 30℃를 넘습니다.
- 아프리카에선 2월 초부터 산란이 시작됩니다.

3월
- 낮과 밤 모두 매우 덥고, 풀이 시들며 흙이 갈색으로 마릅니다.
- 월간 강수량은 60㎜ 정도, 기온은 30℃를 넘어섭니다.
- 산란이 계속 되며, 암컷은 아침 일찍 일광욕을 해 몸을 따뜻하게 하고 둥지로 돌아와 알을 품습니다.

4월
- 밤낮 모두 더우며, 4월 중순부터 서서히 장마철이 시작되어 풀이 무성해지기 시작합니다.
- 월간 강수량은 100㎜, 기온은 30℃ 정도입니다.
- 많은 해츨링(Hatchling)이 부화하는 시기입니다.

5월
- 우기가 시작되어 비가 많이 내리고 풀이 우거져 지대가 온통 초록빛으로 변합니다.
- 월간 강수량은 140㎜, 기온은 28℃ 정도입니다.
- 풀이 무성해져 먹이가 되는 설치류가 많이 나타나고 늦게 산란된 개체도 5월 중순쯤에는 부화합니다.

6월
- 일 년 중 우기가 절정을 찍는 시기로 밤낮으로 비가 계속 내립니다.
- 월간 강수량은 230㎜, 기온은 서서히 떨어지기 시작해 26℃ 정도가 됩니다.
- 볼파이톤이 주식으로 삼는 설치류의 개체 수가 풍부해집니다.

7월
- 우기가 끝나고 서서히 건조해지며 가끔 안개비가 내리며, 7~9월까지 시원한 날이 이어집니다.
- 월간 강수량은 60㎜, 기온은 26℃ 정도입니다.
- 볼파이톤이 먹이를 많이 먹는 시기입니다.

8월
- 가끔 가랑비가 내리며 시원한 날이 지속됩니다. 그러나 여전히 따뜻하며 비교적 건조한 날씨입니다.
- 월간 강수량은 20㎜, 기온은 25℃ 정도입니다.
- 볼파이톤은 구멍에 숨기 시작하고 설치류는 적어집니다.

9월
- 9월 중순부터 추워지기 시작합니다.
- 소량의 비가 오며 월간 강수량은 50㎜, 기온은 27℃ 정도입니다.
- 볼파이톤은 구멍에 숨어 메이팅(짝짓기)을 시작합니다.

10월
- 온도는 조금씩 따뜻해지며, 짧은 우기가 옵니다.
- 월간 강수량은 80㎜, 기온은 30℃ 근처까지 올라갑니다.
- 볼파이톤 번식 시기의 절정으로 먹이 또한 늘어나며 흙이 촉촉히 젖습니다.

11월
- 비가 그쳐 기온이 올라갑니다.
- 월간 강수량은 30㎜ 정도, 기온은 30℃를 넘습니다.
- 메이팅이 계속 되고 암컷의 배가 불러옵니다.

12월
- 더운 시기가 끝나고 서식지가 매우 건조해집니다. 밤에는 사하라 사막에서 불어오는 바람의 영향으로 시원합니다.
- 월간 강수량은 30㎜, 기온은 30℃ 정도입니다.
- 4월까지 먹이가 별로 없는 시기가 이어집니다.

05 시나몬 Cinnamon

시나몬 Cinnamon

▶ 타입: 불완전 우성 유전자 Incomplete Dominant

▶ 같은 계통 유전자: 엔치 Enchi, 블랙 파스텔 Black Pastel, 허프먼 Huffman
헷 레드 아잔틱 Het Red Axanthic

시나몬은 2002년 Greg Graziani에 의해 발견되었습니다. 여러 모프와 대립 유전 관계에 있으며, 대체적으로 어두운 발색과, 패턴의 변화를 가지고 있습니다. 슈퍼 폼은 몸 전체가 검은빛을 나타내 많은 사랑을 받은 모프입니다. 단 슈퍼 폼이 될 경우 유전적인 문제가 있기 때문에 잘 살펴봐야 합니다.

시나몬 마호가니 스팟노즈

Cinnamon Mahogany Spotnose

시나몬 스트레인저

Cinnamon Stranger

시나몬 옐로벨리 배트맨
Cinnamon Yellowbelly Batman

시나몬 옐로벨리 클라운

Cinnamon Yellowbelly Clown

시나몬 파스텔 허리케인

Cinnamon Pastel Hurricane

06 클라운 Clown

클라운 Clown

▶ 타입: 열성 유전자 Recessive

▶ 같은 계통 유전자: 크립틱 Cryptic, 기즈모 Gizmo, 아무르 Amur

1996년 VPI(Vida Preciosa International)의 Dave와 Tracy Barker는 아프리카에서 독특한 외형을 가진 수컷 볼파이톤을 수입했습니다. 이 볼파이톤은 특이한 머리 패턴과 옅은 노란색을 띤 금색 바탕에 매우 깨끗한 몸 패턴을 갖고 있었습니다. 눈 밑에 있는 점은 광대의 눈물을 연상시켜서 모프의 이름을 Clown(광대, 피에로)으로 정했습니다. 이후 번식을 통해 1999년 열성 유전자임을 최초 증명한 이후 클라운은 다양한 모프와의 교배를 통해 멋진 외형을 갖게 됨이 알려지게 되었습니다. 오늘까지도 많은 브리더들에게 큰 사랑을 받는 유전자 중 하나입니다.

레드스트라이프 스팟노즈
옐로벨리 데저트고스트
클라운

Redstripe Spotnose
Yellowbelly Desertghost
Clown

레드스트라이프
옐로벨리 클라운

Redstripe Yellowbelly Clown

레오파드 시나몬
허리케인 클라운

Leopard Cinnamon
Hurricane Clown

범블비 옐로벨리 클라운

Bumblebee Yellowbelly Clown

사이프레스 클라운

Cypress Clown

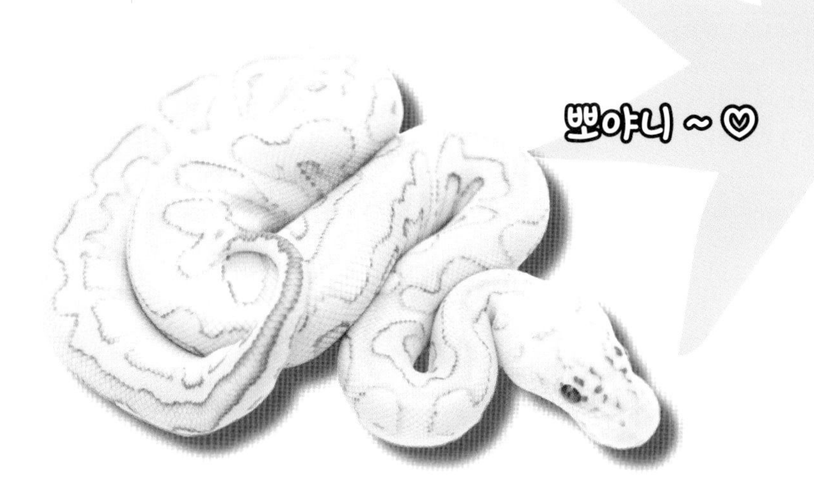

슈퍼 파스텔 버터 클라운

Super Pastel Butter Clown

스트레인저 클라운

Stranger Clown

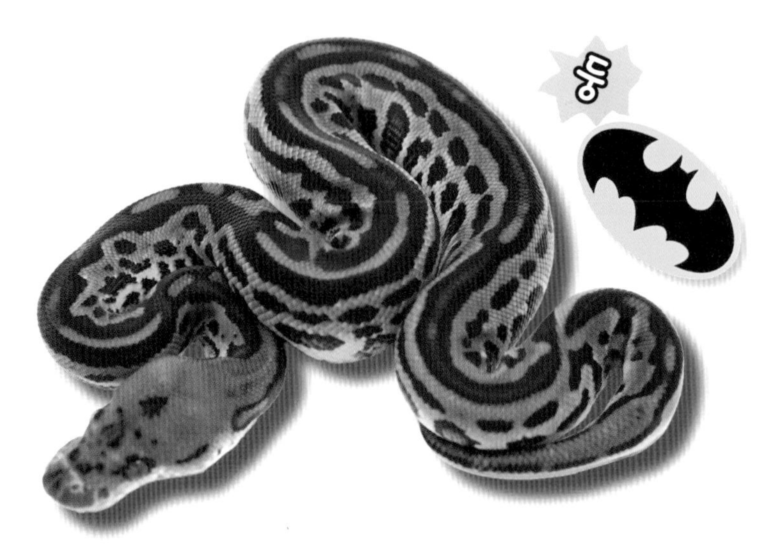

시나몬 허리케인 배트맨

Cinnamon Hurricane Batman

옐로벨리 배트맨

Yellowbelly Batman

옐로벨리 클라운 파이드

Yellowbelly Clown Pied

퓨터 옐로벨리 클라운

Pewter Yellowbelly Clown

오렌지드림 바닐라 클라운

Orangedream Vanilla Clown

우키 블랙파스텔 지에이치아이 옐로벨리 클라운

Wookie Blackpastel G.H.I Yellowbelly Clown

볼파이톤을 데려오기 전 이해 편

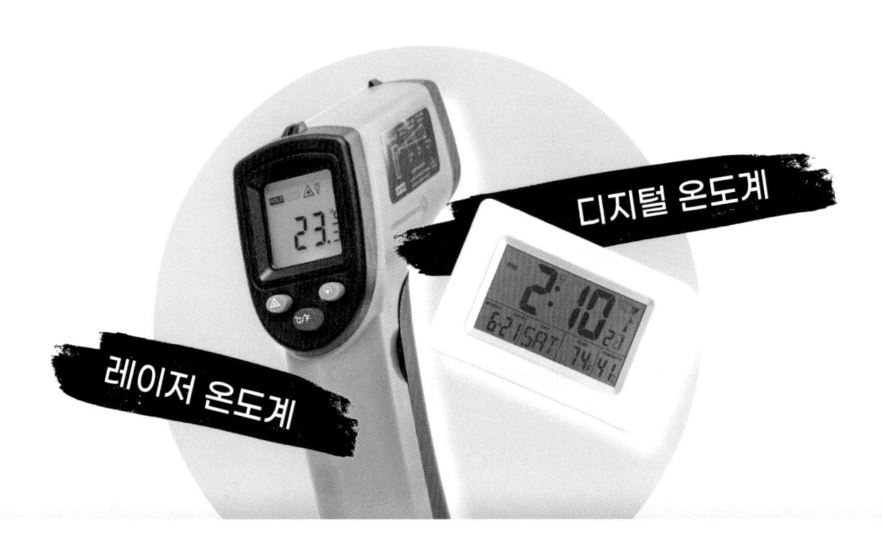

볼파이톤은 매력적인 외형뿐만 아니라 고유한 특성들을 가지고 있습니다. 볼파이톤을 데려오기 전 **그 습성을 이해하고 충분히 적합한 환경을 조성**해 줄 수 있는지, **정말 키우고 싶은 것이 맞는지** 충분한 고려가 필요합니다.

볼파이톤은 한국의 사계절과 다른 아프리카의 환경에서 살아온 동물이며, 변온동물이기 때문에 스스로 체온 조절이 불가능합니다. 변온동물은 몸이 차가워졌을 땐 따뜻한 곳으로 이동해 몸을 데우고 몸이 뜨거워졌을 땐 시원한 곳으로 이동해 몸을 식힙니다. 따라서 케이지 한 쪽에 열원을 설치해 한 쪽은 따뜻한 공간을, 한 쪽은 시원한 공간으로 만드는 등 볼파이톤에게 적절한 환경을 조성해 주어야 합니다(보통 파충류 용어로 핫존, 쿨존이라고 많이 표현합니다). 따뜻한 공간은 30~32℃를 유지하고, 시원한 공간은 25.5~26.5℃ 이상을 유지할 수 있도록 해야 합니다. 쿨존이 24℃ 이하로 내려가지 않게끔 실온도 따뜻하게 유지해야 하며, 습도 또한 50~70%를 유지해줘야 합니다.

볼파이톤은 온순한 편이지만 방심하지 말고 안전에 유의해야 합니다. 목을 당겨 S자로 만들고 힘을 강하게 준 긴장 상태나, 볼파이톤이 먹이를 찾고 있을 때 먹이의 체온과 비슷하게 느껴질 수 있는 손을 머리 쪽으로 뻗는 행동을 할 경우 물릴 수도 있습니다. 하지만 볼파이톤의 특성을 충분히 이해하면 안전하게 사육할 수 있습니다.

볼파이톤은 낮 대부분의 시간을 구석에서 숨어 지냅니다. 다소 정적인 생물이기 때문에 끊임없이 움직이는 동물을 원한다면 다른 반려동물을 찾는 것이 더 좋은 선택이 될 수 있습니다. 보통 볼파이톤은 우리가 수면을 취하는 새벽시간에 많은 활동을 합니다. 과도한 핸들링과 소음, 진동은 볼파이톤에게 스트레스가 될 수 있지만, 낮에 잠시 그들과 교감을 하는 것은 크게 문제 될 게 없습니다.

처음 데려온 후 드는 비용은 적은 편이지만 질병 치료비용은 비교적 높은 편입니다. 하지만 평소 적절한 온습도 유지, 깨끗한 환경 제공, 적절한 먹이 공급이 이루어지면 대부분 질병 없이 살아갑니다. 입양 전 볼파이톤이 아플 경우 치료할 수 있는 상황이 되는지 충분히 고민해 봐야 합니다. 또한 전문적으로 파충류를 치료할 수 있는 병원이 전국적으로 많지 않다는 점 또한 유념해야 합니다.

볼파이톤은 CITES II급에 속한 종으로 입·분양 시 양수 및 양도 신고가 되어야 합니다. 양수 및 양도 신고가 되지 않을 경우 위법이므로, 적발 시 개체 압수 및 과태료 부과가 됩니다. 따라서 CITES 서류가 없는 개체, '무서류 개체'를 입양하거나 분양 후 양도 및 양수 신고가 누락되는 일은 절대 없어야 합니다.

TIP
CITES 신고 신청
환경부 환경민원포털

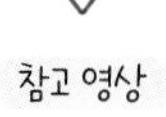

볼파이톤의 평균 수명은 20년으로 수명이 긴 편입니다. 62년간 동물원에서 산 볼파이톤의 기록이 있는 만큼 볼파이톤을 입양하는 것은 신중해야 합니다. 하지만 기본적인 사육환경을 제공하고 안전에 유의한다면 꽤 오랜 시간 볼파이톤은 우리의 좋은 친구가 될 것입니다.

07 데저트고스트

Desertghost

데저트고스트 Desertghost

▶ 타입: 열성 유전자 Recessive

▶ 같은 계통 유전자: 인핸서 Enhancer

2003년 Reptile Industries의 Mark와 Kimberly Bell에 의해 열성 유전자임이 검증되었습니다. 이름처럼 사막의 밝은 모래색과 비슷한 밝은 크림색 발색과 정갈해지는 무늬가 일반적이며, 여러 라인에 따라 정도의 차이가 존재합니다.

이 부분에 대해선 최근 Rare Genetics Inc 유전자 연구를 통해 Polygenic(폴리제닉)임이 밝혀졌고, 열성도 우성도 아닌 새로운 형태였음이 2023년 발표되며 많은 브리더들에게 다시 주목받게 되었습니다.

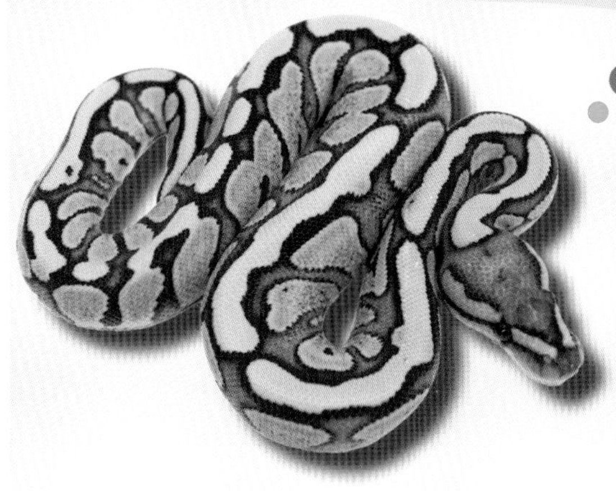

레드스트라이프 옐로벨리 데저트고스트

Redstripe Yellowbelly Desertghost

레오파드 옐로벨리 데저트고스트

Leopard Yellowbelly Desertghost

슈퍼 엔치 하이포 데저트고스트

Super Enchi Hypo Desertghost

엔치 파스텔 데저트고스트 Enchi Pastel Desertghost

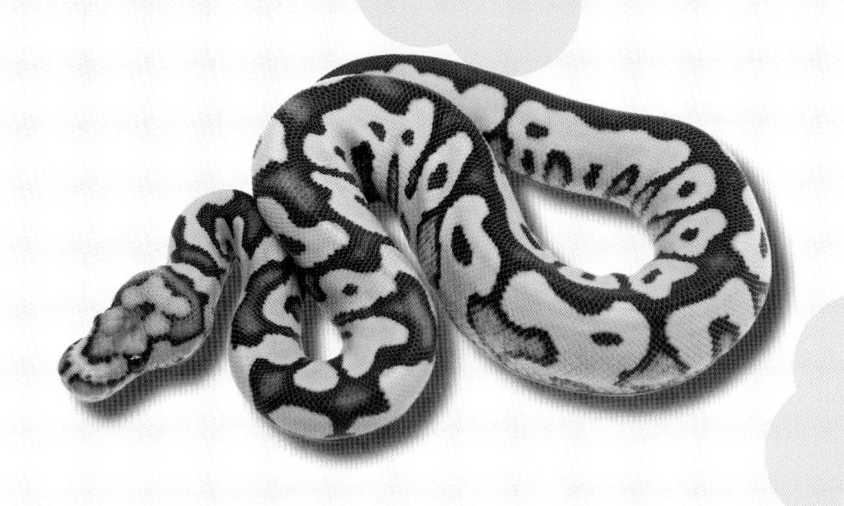

옐로벨리 데저트고스트 클라운

Yellowbelly Desertghost Clown

오렌지드림 레오파드 데저트고스트

Orangedream Leopard Desertghost

오렌지드림 레오파드 모하비 데저트고스트

Orangedream Leopard Mojave Desertghost

오렌지드림 엔치

레오파드 데저트고스트

Orangedream Enchi Leopard

Desertghost

오렌지드림 엔치 레오파드 파스텔 데저트고스트

Orangedream Enchi Lepard Pastel Desertghost

모하비
엔치 데저트고스트
Mojave
Enchi Desertghost

08 파이어 Fire

불꽃~ 파이어

파이어 Fire

▶ 타입: 불완전 우성 유전자 Incomplete Dominant

▶ 같은 계통 유전자: 바닐라 Vanilla, 디스코 Disco

파이어의 최초 검증은 2000년대 초반 영국의 Eric Davies에 의해 슈퍼 폼인 Super Fire가 발견되며 시작되었습니다. 파이어는 일반적으로 발색의 강화 모프로 많이 알려져 있습니다. 성장을 하면서 약간의 노란 발색이 특징으로 나타납니다. 슈퍼 폼인 슈퍼 파이어(Black-eyed Lucy)가 되면서 몸 전체가 하얀 무늬에 검은 솔리드아이가 더욱 매력적인 유전자입니다. 슈퍼 파이어 중에도 노란 무늬가 많이 발현되는 개체들도 종종 있습니다.

슈퍼 엔치 파이어
파스텔 옐로벨리
Super Enchi Fire
Pastel Yellowbelly

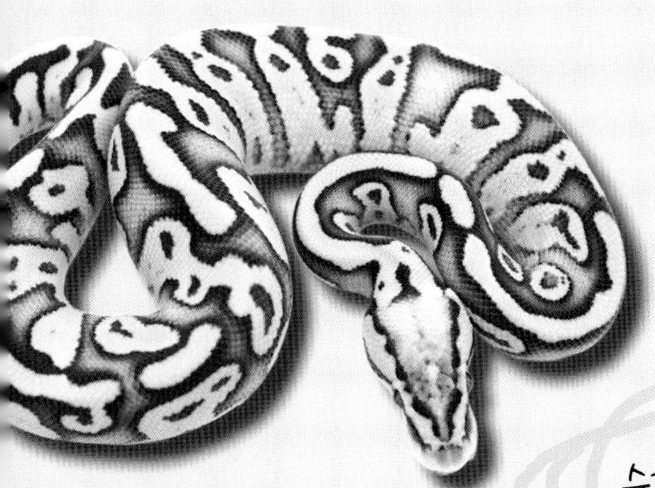

슈퍼 파스텔 파이어
Super Pastel Fire

파이어 레오파드 파스텔

Fire Leopard Pastel

파이어 스팟노즈 레오파드 파스텔 옐로벨리

Fire Spotnose Leopard Pastel Yellowbelly

출처 08

파이어 옐로벨리 데저트고스트 클라운
Fire Yellowbelly Desertghost Clown

레오파드 파이어 레드스트라이프 픽셀
Leopard Fire Redstripe Pixel

출처 09

오렌지드림 옐로벨리 파이어 레오파드 클라운 파이드
Orangedream Yellowbelly Fire Leopard Clown Pied

출처 10

레오파드 모하비 파이어 옐로벨리 클라운
Leopard Mojave Fire Yellowbelly Clown

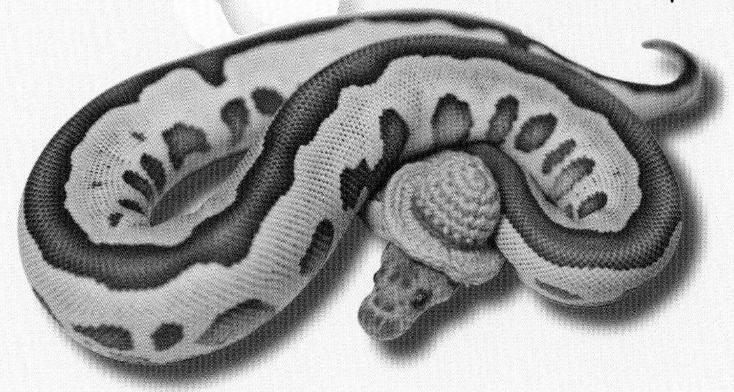

볼파이톤을 데려오기 전 사육장 & 열원

야생 볼파이톤은 아프리카 적도 부근의 **초원, 나무가 띄엄띄엄 심어져 있는 숲**에서 삽니다. 이들은 습도가 유지되는 굴, 빈 개미집, 틈새를 찾아 **어두운 공간에 숨어** 시간을 주로 보내는 습성이 있습니다. 늦은 오후부터 밤, 새벽에 활동하기 때문에 **낮에는 대개 가만히 움직이지 않고** 시간을 보내는 것을 볼 수 있습니다. 사육장 세팅을 할 땐 이러한 볼파이톤의 **특성을 고려**해 적절한 온·습도, 은신처 등을 갖춰야 합니다.

사육장은 크게 포맥스 사육장·엑소테라 테라리움 등 외부에서 관찰이 용이한 사육장과 청소와 온습도 관리가 용이한 랙 사육장으로 나눌 수 있습니다. 볼파이톤을 어떤 목적으로 키우느냐에 따라 선택은 달라질 수 있기 때문에 본인의 취향에 맞게 사육장을 결정하는 게 좋습니다.

포맥스 사육장

랙 사육장 한 칸에 비해 높이가 높고 일반적으로 판매되고 있는 랙 사육장보다 더 큰 크기의 사육장을 구할 수 있기 때문에 사육자의 취향대로 내부를 꾸미기 용이합니다. 또한 일부 또는 전체가 투명해 전면에서 볼 수 있는 경우가 많아 볼파이톤이 무엇을 하고 있는지 관찰하기도 쉽습니다. 다만 '볼파이톤을 언제든 보고 싶다'라는 생각과 좁은 곳에서 시간을 보내는 것을 선호하는 볼파이톤의 습성은 다소 상반되는 부분이 있기 때문에, 볼파이톤을 위해 은신처를 두는 것이 좋습니다.

사육장의 종류에 따라 내부의 온·습도를 적합하게 맞추기 어려운 경우도 있습니다. 예를 들어, 지나치게 환기가 잘 되는 사육장의 경우 건조한 겨울철 습도 유지가 어려워 탈피를 하지 못하는 탈피 부전이 생길 수도 있습니다. 유리로 된 사육장의 경우 케이지 밑에 파충류용 전기장판 등 열원을 설치했을 때 내부 온도가 충분히 올라가는지 확인해야 합니다.

포맥스 등의 소재로 파충류를 위해 제작된 케이지는 대개 자동온도조절기가 설치되어 있고 환풍을 위한 타공도 적절히 되어 있는 경우가 많아 내부의 온·습도를 알맞게 조절할 수 있는 경우가 많습니다. 만일 관상과 쉬운 온도 조절을 원한다면 이런 파충류 전용 사육장을 주문하는 것도 하나의 방법입니다.

비바리움처럼 꾸며진 사육장 〉

출처 11

랙 사육장

포맥스, PB, 스테인리스 스틸 등의 틀에 '터브'라고 불리는 플라스틱 사육장이 걸려 있는 사육장입니다. 뚜껑이나 앞면의 유리를 열고 닫는 것이 아닌 단순히 터브를 밀고 당기는 것이 끝이기 때문에 쉽고 빠르게 관리할 수 있다는 장점이 있습니다.

대개 자동온도조절기가 미리 설치되어 있고 볼파이톤과 같은 파충류를 위해 제작된 사육장이기 때문에 역시 내부의 온·습도를 알맞게 유지할 수 있습니다. 파충류 전용으로 제작된 터브의 경우 편의성을 위해 손잡이가 달려 있고 내부의 모서리가 각이 져 있지 않아 쉬운 청소가 가능합니다.

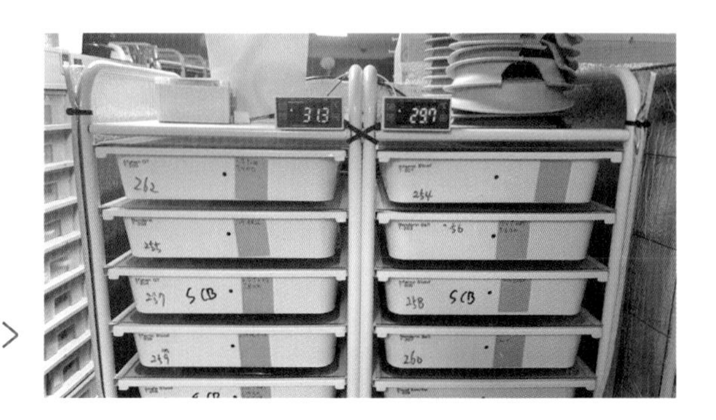

랙 사육장 관리의 편의성

출처 12

사육장의 크기

① 『Ball Pythons as Pets-Caring For Your Ball Python』에서는 사육장의 크기로 볼파이톤 몸체의 2/3 이상, 1.5배 이하의 사육장을 요구한다고 되어 있습니다. 즉, 이 계산대로면 130cm의 크기의 볼파이톤은 약 87~195cm의 사육장이 적합합니다.

② 『볼파이톤 완전사육』에서는 2kg 기준 60×40×40cm(가로×세로×높이)가 필요하다고 기재되어 있습니다.

③ 해외 브리더의 경우 성체 기준 FB40 터브(35×86×14cm) 또는 V70 터브(45×86×14cm) 정도의 사이즈를 가진 터브를 애용합니다.

④ 베이비 볼파이톤의 경우 엑소테라 플랫 파우나리움 대형(30×46×17cm), V18 터브(19×46×9cm) 정도의 크기에서 키우는 것이 좋습니다.

열원

온혈동물은 체온이 일정하게 유지되지만, 볼파이톤과 같은 냉혈동물은 스스로 체온을 조절할 수 없습니다. 이런 냉혈동물들은 몸이 차가우면 따뜻한 곳으로 이동해 몸을 데우고, 반대로 몸이 뜨거우면 시원한 곳으로 이동해 몸을 식힙니다. 따라서 사육장 전체의 온도를 균일하게 해주는 것보단 볼파이톤 스스로 자신의 체온에 따라 따뜻한 곳과 시원한 곳을 오가게 해주는 것이 좋습니다. 따라서 사육장의 전체가 아닌, 1/2~1/3 정도만 따뜻한 공간으로 만들어줘야 합니다. 이때 따뜻한 공간을 핫존, 그 외 나머지 부분을 쿨존이라고 합니다.

볼파이톤은 종종 지나치게 뜨거운 곳에 가만히 있다 화상을 입는 경우가 있습니다. 따라서 볼파이톤이 직접 열원에 접촉하지 않도록 해야 합니다. 열원은 대개 파충류용 전기장판, 필름 히터 등을 사육장의 바깥쪽 바닥 1/2~1/3 지점에 세팅해 사용합니다. 파충류 전용 스팟 등 열을 내는 전구를 사용해도 되지만, 사육장 내부에 설치할 경우 볼파이톤이 직접 닿지 않게끔 보호 커버를 씌우는 것이 좋습니다. 또한 뜨겁게 달궈진 전구는 물이 닿을 경우 순식간에 깨지는 경우도 있기 때문에 분무나 새 물 공급 시 전구에 물이 닿지 않도록 조심해야 합니다. 핫존은 30~32℃, 쿨존은 25.5~26.5℃를 유지할 수 있도록 해야 합니다. 열원이 있더라도 쿨존이 24℃ 이하로 내려가지 않게끔 실온도 따뜻하게 유지해야 합니다.

스팟 램프 / 할로겐 램프 / 필름히터 / 락히터

point 사육장의 크기가 클수록 좋나요?

볼파이톤의 몸길이가 길다 보니 자유롭게 움직일 공간을 제공해 주고 싶다고 생각하시는 사육자분들도 많으실 겁니다. 혹은 행동풍부화 측면에서 다양하게 이동할 수 있는 공간을 마련해 주고 싶은 분들도 계실 거고요. 그러나 사육장이 넓어질수록 적절한 온도와 습도 유지가 어려워지기 때문에 적합한 온·습도가 유지가 안 될 때 넓은 사육장은 오히려 독이 될 수 있습니다.
또 해외의 볼파이톤 커뮤니티에서 베이비 볼파이톤을 데려왔을 때 밥을 먹지 않는다고 도움을 요청하는 질문이 올라올 경우 볼파이톤을 오래도록 키운 경험이 있는 브리더들은 사육장이 지나치게 넓지 않은지를 물어보곤 합니다.
따라서 베이비 볼파이톤을 데리고 왔을 땐 처음엔 작은 공간에서 키우는 것을 추천하고, 넓은 사육장을 원한다면 적합한 온·습도를 꾸준히 유지해 줄 수 있는지 생각해 보고 결정하는 것이 좋습니다.

09 지에이치아이
G.H.I

지에이치아이 G.H.I

▶ 타입: 불완전 우성 유전자 Incomplete Dominant

▶ 같은 계통 유전자: 없음

"Gotta Have It.", "꼭 가져야 한다."라는 의미를 줄여서 G.H.I 로 불리고 있습니다. 검은 발색에 노란 황금 무늬들을 갖는 것이 특징입니다. 최초의 발견은 미국의 Matt Lerer가 2007년 플로리다에 도착한 볼파이톤 수입 개체 중 특이한 개체를 발견하며 유전자 검증에 들어갔고, 이듬해 브리딩을 통해 G.H.I가 유전자임을 검증하였습니다. 이후 슈퍼 폼이 탄생하며 G.H.I가 불완전 우성임을 증명하였습니다. 어두운 볼파이톤을 좋아하는 마니아에게 사랑받는 모프입니다.

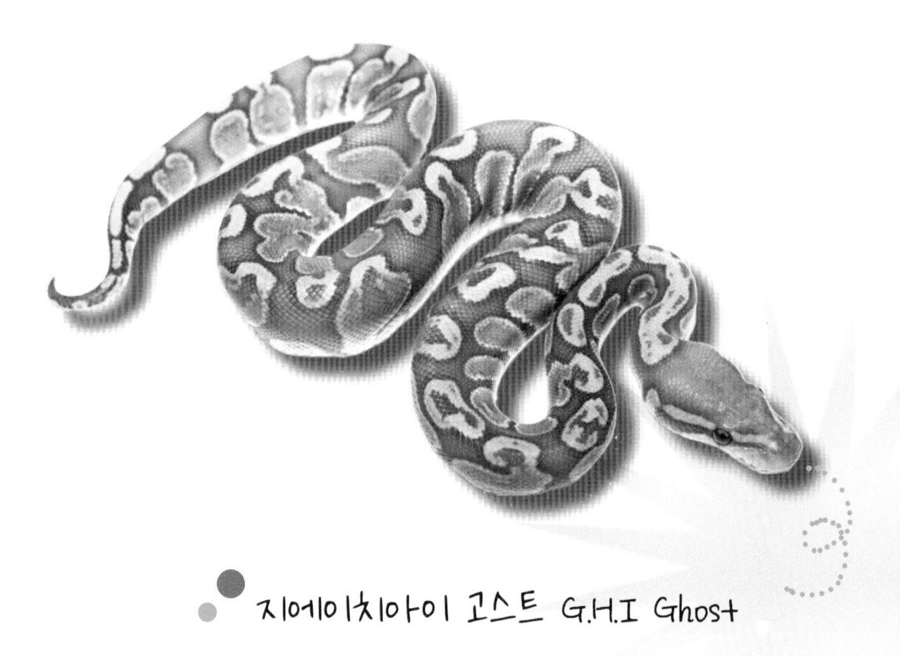

지에이치아이 고스트 G.H.I Ghost

지에이치아이 레오파드 G.H.I Leopard

지에이치아이 모하비

G.H.I Mojave

지에이치아이

버터 파스텔

G.H.I

Butter Pastel

지에이치아이 파스텔 모하비 고스트

G.H.I Pastel Mojave Ghost

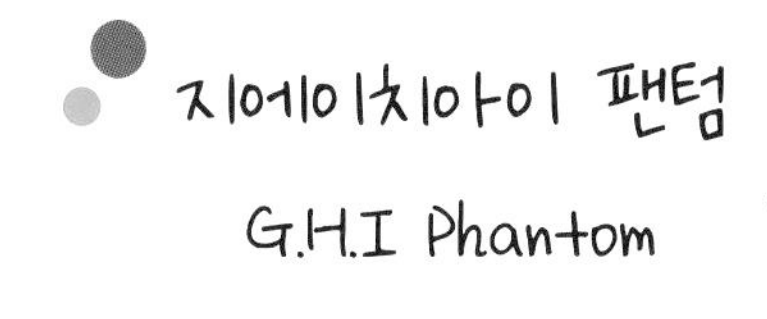

지에이치아이 팬텀

G.H.I Phantom

지에이치아이 버터 오렌지드림

G.H.I Butter Orangedream

지에이치아이
모하비 마호가니 시나몬
G.H.I Mojave Mahogany Cinnamon

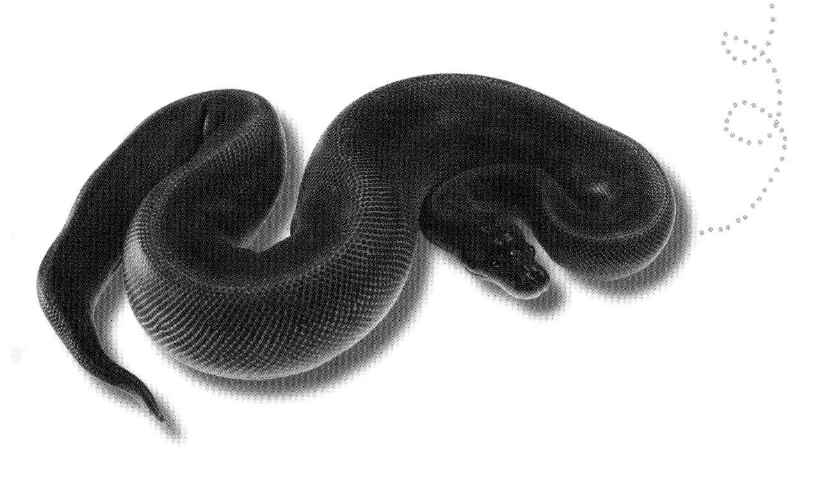

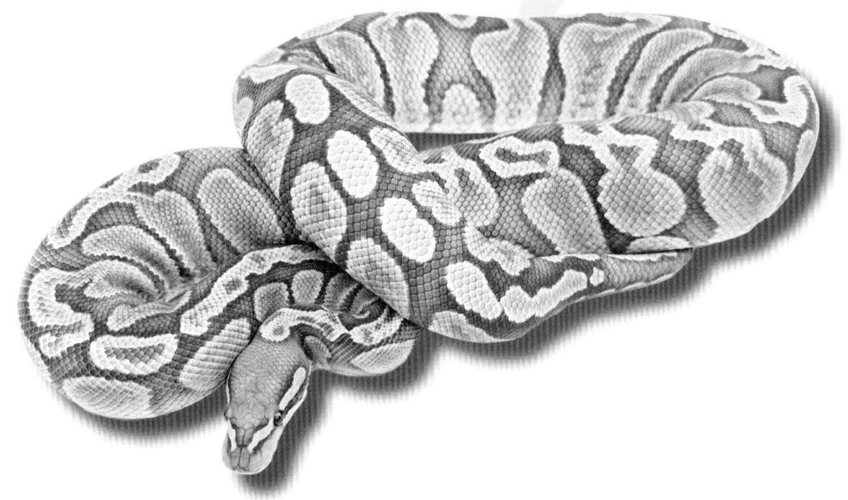

지에이치아이 엔치 고스트

G.H.I Enchi Ghost

G.H.I 모하비 블랙파스텔 옐로벨리

G.H.I Mojave Blackpastel Yellowbelly

10 라벤더 알비노

Lavender albino

라벤더 Lavender albino

▶ 타입: 열성 유전자 Recessive

▶ 같은 계통 유전자: 없음

라벤더 알비노는 일반적인 알비노와 다른 계통의 알비노입니다. 즉 라벤더 알비노 × 알비노 번식 시 2세는 알비노가 아닌 노멀이 태어납니다. 보통 이런 경우는 여러 파충류에게 존재하며 각각 T+, T- 인자로 구분 짓습니다. 2001년 Ralph Davis Reptiles에 의해 검증되었습니다.

라벤더 모두 모두
모여라!

레오파드 블랙헤드 라벤더
Leopard Blackhead Lavender

블랙헤드 라벤더 Blackhead Lavender

옐로벨리 드림시클

Yellowbelly Dreamsicle

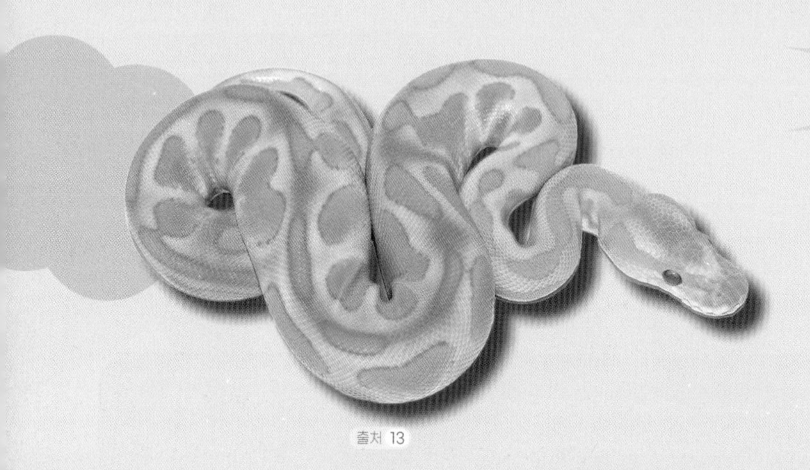

출처 13

엔치 옐로벨리 블랙헤드 라벤더

Enchi Yellowbelly Blackhead Lavender

오렌지드림 엔치 옐로벨리 라벤더

Orangedream Enchi Yellowbelly Lavender

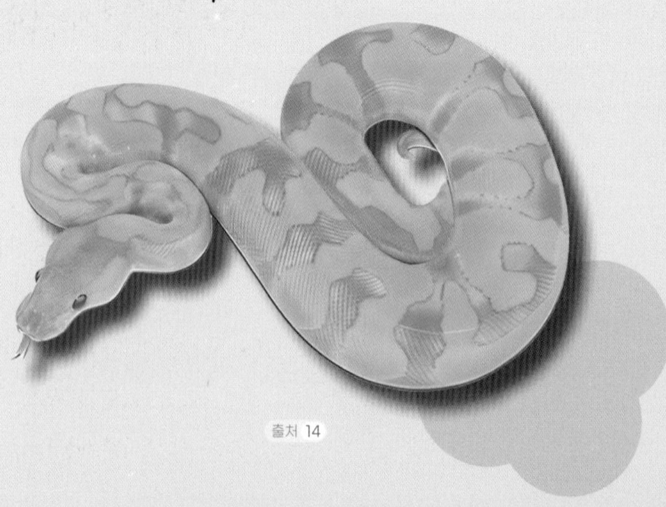

출처 14

파스텔 엔치 옐로벨리 라벤더

출처 15

Pastel Enchi Yellowbelly Lavender

스팟노즈 옐로벨리 라벤더 클라운

Spotnose Yellowbelly Lavender Clown

출처 16

볼파이톤을 데려오기 전

바닥재는 크게 종이 바닥재, 나무칩/껍질 바닥재로 나눌 수 있습니다.

종이 바닥재

종이 바닥재는 신문지, 갱지가 주로 사용되고 애견패드 또한 종이 바닥재와 비슷한 타입의 바닥재입니다. 종이 바닥재는 간편하게 청소할 수 있고 먹이 급여 시 이물질이 묻지 않는다는 장점이 있습니다. 다만 냄새를 잘 흡수하지 못하고 부분 청소가 불가하다는 단점이 있습니다. 따라서 배설물이 있을 때 바로 청소를 해야 깨끗한 환경을 쉽게 유지할 수 있습니다. 배설물이 많을 경우 덥고 습한 환경이 조성되어 세균이 쉽게 증식하기 때문에 자주 관리해 주는 것이 어렵다면 종이 바닥재는 추천하지 않습니다.

나무칩/껍질 바닥재

나무칩/껍질 바닥재에는 LIGNOCEL jrs3-4, 코코허스크칩이 주로 사용되고 있는데 코코허스크칩의 경우 수분을 오래 머금고 있어 겨울철 습도 관리에 용이하고, LIGNOCEL jrs3-4의 경우 비교적 저렴하고 수분에 뭉쳐지는 특성이 있어서 부분 청소에 용이합니다.

나무칩/껍질 바닥재는 오염된 부분만 부분적으로 치워줄 수 있는 장점이 있습니다. 그러나 천연나무/껍질을 가공한 바닥재이기 때문에 작은 톱밥이 발생합니다. 이러한 톱밥이 먹이에 쉽게 붙어 볼파이톤이 잘못 먹는 경우가 있어 갓 태어난 개체에는 적합하지 않습니다. 교미 시 생식기에 붙는 경우, 아주 어린 개체가 배설을 하다 바닥재가 항문에 붙어 탈장되는 경우도 있는데 이는 매우 드물게 발생합니다.

물그릇

물그릇의 종류로는 플라스틱 델리컵, 사기그릇, 파충류용 물그릇이 있습니다. 볼파이톤은 한 번 마신 물그릇은 다시 입을 대지 않는다는 이야기가 있을 정도로 깨끗한 물을 선호하는 동물입니다. 따라서 물그릇 내부가 오염되지 않도록 청결하게 관리해 주는 것이 중요합니다(자주 갈아 줄수록 좋습니다). 일부 브리더는 수돗물 대신 필터를 추가적으로 설치해 깨끗한 물을 공급하기도 합니다. 무게가 무겁거나 물그릇 밑면적이 큰 물그릇을 이용하여 뒤집을 수 없는 물그릇을 넣어주는 것이 좋습니다. 습도가 낮을 때나 볼파이톤의 탈피 기간에는 물그릇을 하나 더 추가해 주거나 기존의 물그릇을 핫존으로 옮겨 증발을 유도하여 습도를 올리는 데 도움을 줄 수 있습니다.

출처 17

은신처

볼파이톤은 서식지에서 개미굴이나 설치류가 파 둔 굴속에 들어가 시간을 보내는 경우가 많기 때문에 이런 환경을 반영해 지나치게 큰 은신처보다는 입구가 좁고 사방이 안 보이는 은신처를 배치해 주는 것이 좋습니다. 입구가 지나치게 넓은 은신처의 경우 은신처 안에 들어가는 대신 은신처와 벽 사이에 들어가 있기도 합니다. 만일 입구가 넓은 은신처를 활용하고 싶다면 빛이 들어가지 않게끔 벽 쪽으로 은신처 입구를 돌려놓는 것도 하나의 방법입니다. 랙 사육장을 사용할 경우 일반적으로 터브가 은신처의 역할을 하기 때문에 은신처는 따로 넣지 않아도 괜찮습니다.

출처 18

출처 19

point 적외선 온도계 사용 방법

먼 거리에서 측정하면 공기 온도가 측정되어, 오차 범위가 생길 수 있으니 근접하여 사용해야 오차를 줄일 수 있습니다.

온습도계

자동온도 조절기가 있다고 해도 쿨존이나 실온 등의 온도를 측정해야 할 때가 있습니다. 이때 소형 온습도계를 여러 개 준비해두면 공간에 따라 온습도를 체크할 수 있어 편리합니다. 적외선 온도계가 있을 경우 사육장의 쿨존과 핫존 온도 파악 시, 온욕 시 물의 온도, 해동된 먹이 온도 확인 등 다양한 방면에서 활용할 수 있어 하나쯤 갖춰 두고 있으면 매우 유용합니다.

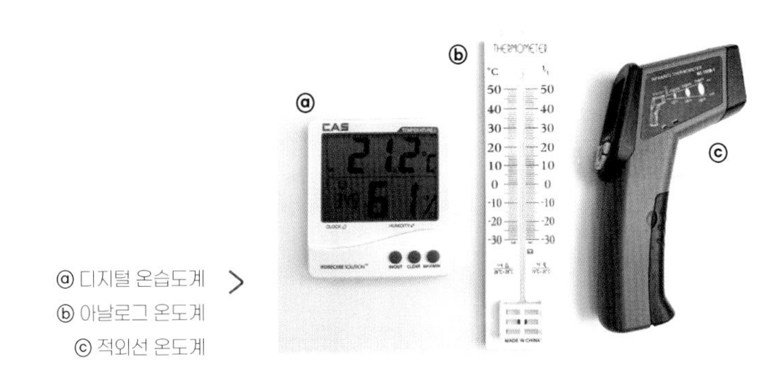

ⓐ 디지털 온습도계
ⓑ 아날로그 온도계
ⓒ 적외선 온도계

핀셋 & 포젭가위

먹이를 줄 때 길이가 긴 핀셋을 사용하면 따뜻한 손을 먹이로 오인하여 물릴 위험성이 크게 줄어듭니다. 다수의 볼파이톤을 키울 시 랫(Rat)처럼 다소 무게가 나가는 먹이를 급여할 경우 일반 핀셋을 사용하면 손에 부담이 갈 수 있고 떨어트릴 수도 있습니다. 이때 포젭가위(포셉가위, 락가위) 등으로 먹이의 꼬리 시작 부분을 고정시켜두고 주면 손의 부담도 크게 줄고 갑자기 먹이를 떨어뜨릴 위험도 줄어들게 됩니다.

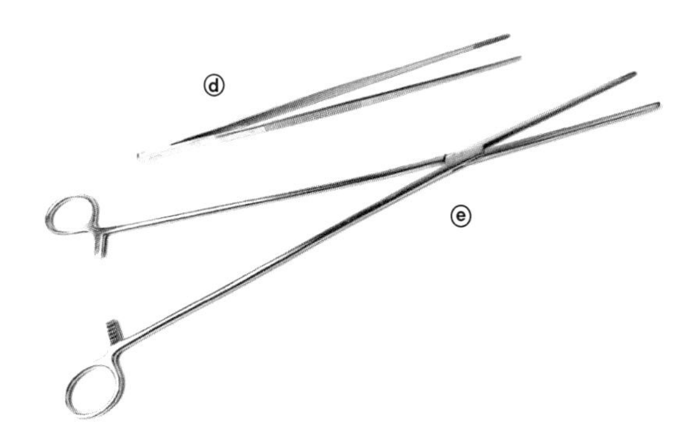

ⓓ 일반 핀셋
ⓔ 포젭가위(락가위)

11 레오파드 Leopard

#호피#표범#무늬만 센캐

레오파드 Leopard

▶ 타입: 우성 유전자 Dominant

▶ 같은계통 유전자: 없음

레오파드는 2005년 Peter Kahl Reptiles에 의해 최초 검증되었습니다. 시작 자체가 단일로 발견된 것이 아니라 파이볼드 콤보에 있던 상태였기 때문에 레오파드를 독립적인 유전자로 검증하는 데 꽤 긴 시간이 걸렸습니다. 이러한 이유 때문에 레오파드 유전자는 전부 헷 파이드라는 가설이 처음에 존재했지만, 추후 우성 유전자임이 밝혀졌습니다. 레오파드는 패턴 모프 중 하나로, 여러 가지 다른 유전자들과 만날 경우 발색에도 많은 영향을 주는 멋진 유전자입니다.

레오파드 옐로벨리 Leopard Yellowbelly

레오파드 컨퓨전 Leopard Confusion

레오파드 허리케인

Leopard Hurricane

블랙헤드 레오파드

Blackhead Leopard

시나몬 허리케인
레오파드 스팟노즈 클라운
Cinnamon Hurricane
Leopard Spotnose Clown

오렌지드림 파스텔 파이어 레오파드 엔치 옐로벨리
Orangedream Pastel Fire Leopard Enchi Yellowbelly

블랙헤드 레오파드 루소 고스트
Blackhead Leopard Russo Ghost

블랙헤드 레오파드 블랙파스텔
Blackhead Leopard Blackpastel

버터 레오파드 오렌지드림 옐로벨리

Butter Leopard Orangedream Yellowbelly

스트레인저 레오파드 클라운

Stranger Leopard Clown

12 모하비 Mojave

▶ 타입: **불완전 우성 유전자** Incomplete Dominant

▶ 같은 계통 유전자: **뱀부** Bamboo, **렛서** Lesser, **버터** Butter, **미스틱** Mystic, **루소** Russo, **모카** Mocha, **대디진** Daddy Gene, **스페셜** Special, **팬텀** Phantom

모하비는 2000년 The Snake Keeper(TSK)에 의해 처음으로 검증되었습니다. 야생에서 발견된 모하비는 여태까지 단 한 마리뿐이기에 전 세계에 있는 모든 모하비 볼파이톤은 이 동물의 후대임을 의미합니다. 일반적으로 모하비는 어두운 발색과 패턴의 차이를 나타내며, Super Mojave의 경우 어릴 때 하얀 발색에 은은한 보랏빛 무늬를 보입니다. 눈은 파란빛을 띠기 때문에 Blue-eyed Lucy로도 불립니다. 다양한 모프와의 넓은 호환성과 시너지 때문에 많은 마니아에게 사랑받는 대표적인 모프입니다. 파이드라는 가설이 처음에 존재했지만, 추후 우성 유전자임이 밝혀졌습니다.

모하비 봉고 파스텔

Mojave Bongo Pastel

모하비 봉고 Mojave Bongo

모하비 옐로벨리

Mojave Yellowbelly

모하비 파스텔 하이웨이 파이드

Mojave Pastel Highway Pied

블랙헤드 레오파드 모하비

Blackhead Leopard Mojave

블랙헤드 파스텔 모하비

Blackhead Pastel Mojave

블랙헤드 모하비 마호가니
Blackhead Mojave Mahagany

엔치 블랙헤드 모하비
Enchi Blackhead Mojave

출처 20

팬텀 모하비
Phantom Mojave

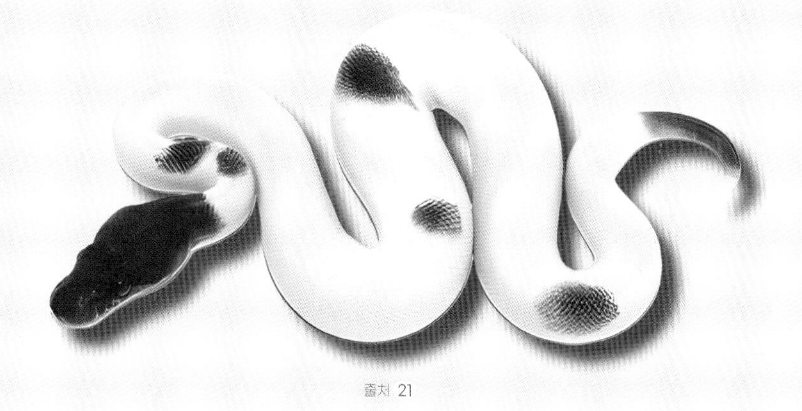

출처 21

레오파드 블랙헤드 모하비 파이드

Leopard Blackhead Mojave Pied

모하비 엔치 파스텔 파이드

Mojave Enchi Pastel Pied

7 INFO

볼파이톤 입양하기

볼파이톤은 **전문 브리더나 파충류샵, 파충류 행사**(렙타일쇼)**를 방문하여 입양**할 수 있습니다. 파충류 행사는 대개 여러 브리더나 샵이 참여하기 때문에 다양한 볼파이톤을 한 곳에서 볼 수 있는 이점이 있지만 많은 사람들이 몰려 입양과 관련하여 차분하게 대화를 나누기 적합하지 않을 수 있습니다.

처음 볼파이톤을 입양한다면 전문 브리더나 샵을 방문해 입양하는 것을 추천합니다. 온라인을 통해 개인에게 분양받는 방법도 있지만 CITES 양도·양수 신고가 누락될 수 있고 건강 상태가 보증되지 않기 때문에 문제가 생겼을 때 원만한 해결이 어려울 수 있습니다. 그래서 전문 브리더나 샵에서 KRCB(한국에서 태어난) 볼파이톤을 입양하는 것을 추천합니다. 위의 문제도 해결되고 한국 기후에 알맞게 태어난 이점도 있지만 무엇보다 부모 모프의 정보와 개체의 특징, 정보 파악이 용이하기 때문입니다. 볼파이톤을 직접 해칭 후 분양할 수준이면 볼파이톤에 대한 전문지식이 갖춰져 있는 곳일 가능성이 높습니다. 예를 들어, 종종 '블루아이 루시스틱'으로 분양되고 있는 개체 중엔 정확한 모프가 기재되어 있지 않은 곳도 있으나 이렇게 육안으로는 어떤 모프가 들어갔는지 구별하기 어려운 모프도 직접 브리딩해 부모 개체를 알 경우 '렛서 모하비' 등 구체적으로 모프를 유추할 수 있기 때문에 차후 브리딩을 할 계획이 있다면 큰 도움이 됩니다.

point 1 두 마리 이상을 한 공간에 같이 키워도 되나요?

볼파이톤은 무리를 지어 생활하는 생물이 아닌 혼자 지내는 생물로 브리딩 시즌 때 메이팅을 위해 암수 한 쌍을 같은 공간에 두는 것이 아니라면 두 마리 이상을 함께 키우는 것은 권장하지 않습니다. 만일 두 마리를 함께 키울 경우 먹이를 줄 때 서로 물 위험이 있고, 한 마리가 아플 경우 다른 한 마리도 그 병을 공유할 수 있습니다. 두 마리가 함께 있는 모습을 보며 '사이좋게' 붙어있다고 생각할 수도 있지만 야생에서 단독 생활을 하는 동물이므로 추천하진 않습니다. 발정기 수컷을 서로 함께 두었을 때는 더욱 심하게 공격을 하니 유의해야 합니다.

입양 시 질문하기

볼파이톤의 경우 마우스만 먹거나, 랫도 잘 먹거나, 생먹이만 먹거나, 핀셋 급여가 안 되거나 등 각자 다양한 식습관을 가지고 있습니다. 마지막으로 먹이를 먹은 날이 언제인지, 핀셋 피딩으로 급여하는지, 자율 피딩이 되는지, 먹이의 종류와 크기는 어떤 걸 먹이는지 등을 물어보는 것이 좋습니다.

먹이뿐만 아니라 다른 볼파이톤에 비해 겁이 많다는 등 개체만의 특징이 있다면 확인해 두는 것이 좋습니다.

마음에 드는 볼파이톤을 입양하게 되었다면 분양자에게 CITES 양도·양수 신고를 위해 이름, 전화번호, 생년월일, 집 주소, 볼파이톤을 키우게 될 사육장 사진을 전달합니다.

쌀쌀하거나 추운 계절에 볼파이톤을 데리고 이동할 땐 스티로폼 박스와 핫팩으로 보온을 해줘야 합니다. 무더운 여름에는 직사광선을 쬐지 않게끔 주의해야 합니다. 모든 계절 이동시간은 최대한 짧게 해주는 것이 좋습니다.

point 2 볼파이톤 입양 전 check!

★ 입을 꼭 닫고 있는가?

입을 벌리고 있을 경우 한국에선 감기라고 불리는 호흡기 질환(RI)에 걸렸을 수 있습니다. 볼파이톤에게 호흡기 질환은 몹시 치명적이고 생명을 앗아갈 수도 있는 심각한 질환입니다. 케이지에 하얗게 말라붙은 분비물이 있는지, 거품이 입가에 있는지, 침을 흘리지는 않는지, 유리에 입을 문지르거나 계속 위쪽을 향해 머리를 들지는 않는지 자세히 살펴봐야 합니다.

★ 혀를 날름거리는 반응이 있는가?

개체에 따라 조금씩 차이는 있지만, 만약 볼파이톤이 깨어 있고 앞에서 뭔가 움직인다면 혀를 날름거리며 냄새를 맡아 상황을 파악하려 합니다. 혀의 끝이 깔끔하게 Y자로 갈라져 있는지, 혀의 반응(날름거림)이 있는지 확인해야 합니다.

★ 척추 휨, 턱 밑 등 기형은 없는가?

대개 척추가 휘는 증상(킨킹, kinking)이나 턱 밑이 짧은 기형의 경우 분양되지 않는 경우가 일반적이지만, 만일을 위해 확인하는 것이 좋습니다.

★ 총배설강 주위가 깨끗한가?

총배설강 주변에 배설물이 말라붙어 있으면 설사 등 장 문제가 있을 가능성이 있습니다.

13 몬순 Monsoon

▶ 타입: **열성 유전자** Recessive

▶ 같은 계통 유전자: **모레이** Moray

2013년 Dave Green은 모두가 탐내는 크리스탈 콤보를 만들기 위해 파스텔 스페셜과 슈퍼 모하비를 간단하게 조합하는 방법을 고안했습니다. 클러치가 부화하자 그는 자손 중 하나가 독특하고 전례 없는 패턴을 가지고 있다는 것을 즉시 알아차렸습니다. 눈길을 사로잡은 이 패턴은 그의 호기심을 자극하였습니다. 그 결과 2015년 몬순이 열성임이 증명되었고 독특한 외형과 발색 때문에 '볼파이톤 모프의 왕'이라고 불리게 되었습니다. 현존하는 열성 모프 중 고가에 해당합니다. 2022년 5월 Kinova의 Justin Kobylka는 Monsoon과 Moray가 동일하다는 것을 증명하는 과정을 기록한 영상을 공개하기도 했습니다.

독보적인 나의 매력

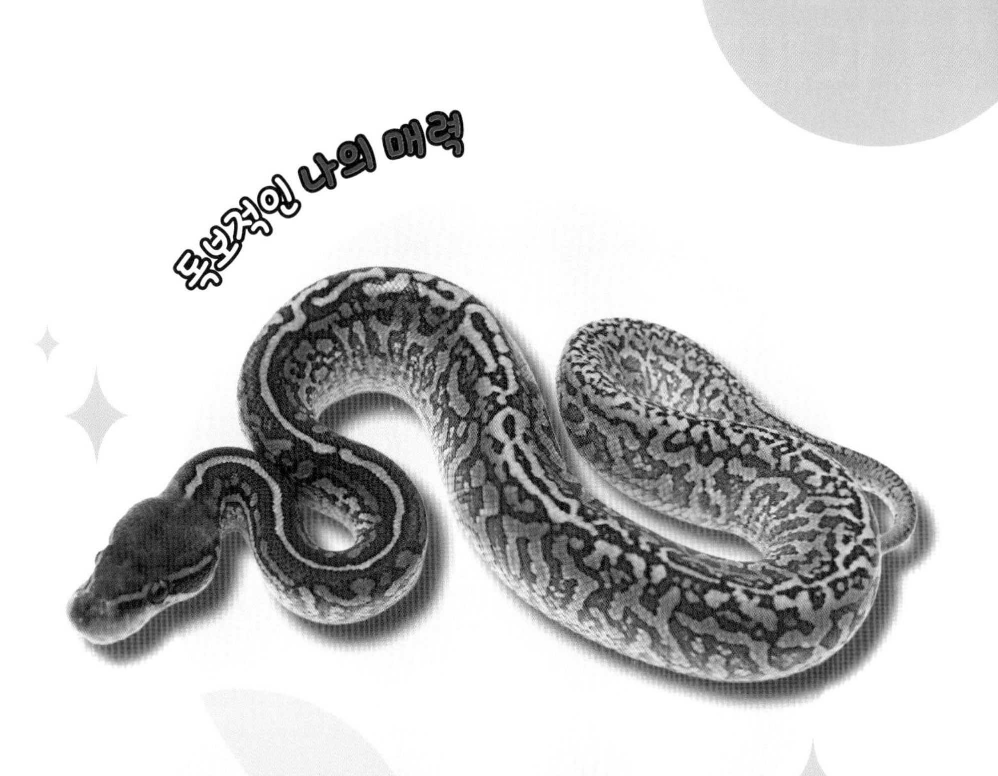

모하비 몬순

Mojave Monsoon

출처 22

레오파드 몬순

Leopard Monsoon

파스텔 모하비 몬순

Pastel Mojave Monsoon

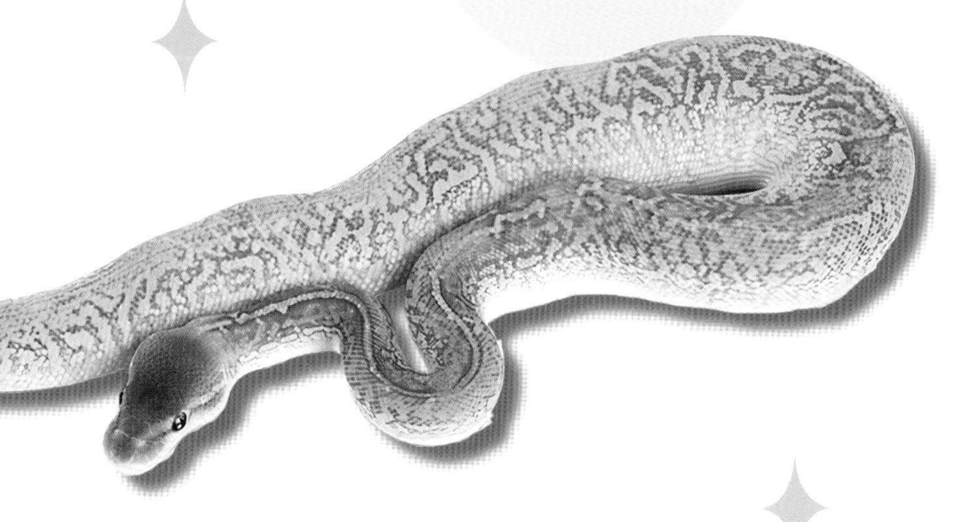

출처 23

14 선셋 Sunset

▶ 타입: 열성 유전자 Recessive

▶ 같은 계통 유전자: 없음

선셋은 2000년대 중반 BHB Reptiles의 Brian Barczyk에 의해 처음 검증된 열성 모프입니다. 당시 아프리카에 있는 업체에서 선셋의 발견 소식을 접한 Brian은 사진을 보고 곧바로 입양을 결정했는데 당시 입양했던 금액이 $70,000였다고 합니다. 선셋을 우성 모프라고 생각했던 Brian은 브리딩을 통해 2세에서 선셋이 태어나기를 기대했지만, 열성 모프였기에 2세에선 노멀들이 태어났고, Brian은 당시 큰 실망을 했다고 합니다. 하지만 몇 년 뒤 BHB의 Python 룸 관리자인 Josh Roberts는 Brian에게 Sunset 수컷과 브리딩을 시도해보자고 제안했고, 거기서 선셋이 태어나며, 2012년 열성 모프임이 증명되었다고 합니다. 볼파이톤에서 전무한 붉은 빛과 다채로운 패턴은 많은 이들에게 엄청난 충격을 주었습니다.

오렌지드림 선셋
Orangedream Sunset

출처 24

파스텔 레오파드 선셋
Pastel Leopard Sunset

출처 25

출처 26

파스텔 선셋 파이드

Pastel Sunset Pied

옐로벨리 선셋

Yellowbelly Sunset

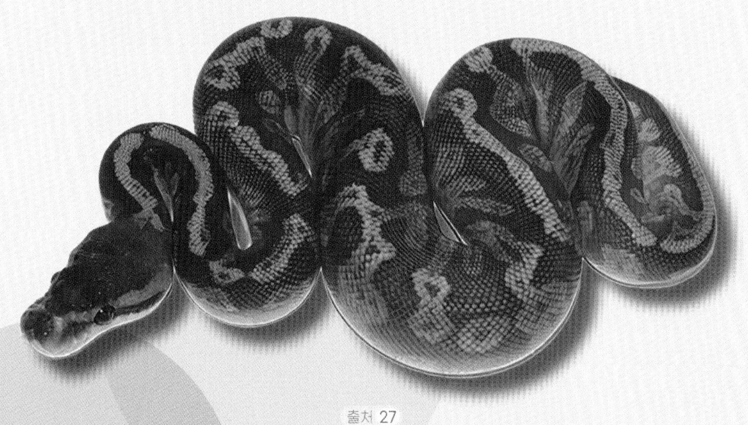

출처 27

8 INFO

볼파이톤 입양 후

핸들링

촉촉하면서 부드러운 촉감, 적당히 묵직한 무게는 다른 동물에게서 찾아보기 어려운 볼파이톤의 매력입니다. **볼파이톤을 만지는 행동을 '핸들링'**이라고 합니다. 볼파이톤의 상태를 확인하거나 청소를 할 때 핸들링은 필수이기 때문에 **적절하게 볼파이톤을 들어 올리는 방법을 익히는 것이 좋습니다.**

머리 앞에서 갑작스럽게 손을 뻗어 잡는 것보다는 몸통을(배설강과 목 사이) 조심스럽게 들어 올리는 것이 볼파이톤이 놀라지 않게 핸들링하는 방법입니다. 들어 올린 후에는 손을 둥글게 모아 쥐는 것은 좋아하지 않기 때문에 손이 지면이나 나무라고 생각하고, 무게 중심이 크게 쏠리지 않게 손바닥으로 배 밑을 받쳐 주면 좋습니다.

먹이를 먹고 소화 중일 때에는 핸들링이 소화에 부담을 줄 수 있기 때문에 먹이를 먹었다면 2~3일 정도는 충분히 소화시킬 시간을 준 후 핸들링하는 것이 좋습니다. 천적이 볼파이톤을 공격할 땐 대개 머리, 등, 꼬리처럼 몸의 윗면을 먼저 공격하므로 강아지나 고양이를 만지듯 위에서 아래로 쓰다듬는 행동을 좋아하지 않습니다. 머리를 만지면 놀라 뒤쪽으로 머리를 빼거나 몸 안으로 숨기는 행동을 하기도 합니다. 머리뿐만 아니라 꼬리를 잡는 것도 좋아하지 않습니다. 어릴 땐 더 겁이 많기 때문에 핸들링할 경우 히싱(hissing)을 하거나 드물게 몸을 지키기 위해 짧게 물려고 할 수 있습니다. 겁이 많은 볼파이톤을 꾸준히 핸들링할 경우 손에 대한 거부감을 줄일 수 있습니다.

볼파이톤은 뱀 혹은 파충류 입문자에게 추천될 정도로 온순한 종이기 때문에 핸들링에 익숙하지 않더라도 성별 확인, 어시스트 피딩 등 적절한 조치가 필요할 때, 히싱, 몸을 둥글게 마는 것, 도망가려 하는 것 외에 크게 거부반응을 보이지는 않습니다. 따라서 볼파이톤이 다소 히싱을 많이 하고 손을 싫어한다고 하더라도 큰 문제는 되지 않습니다. 또, 일반적인 애완동물과 달리 쓰다듬어지는 것을 즐기는 동물은 아니기 때문에 굳이 애정표현을 위해 쓰다듬어줄 필요는 없습니다.

볼파이톤에게 물렸을 때

볼파이톤이 무는 경우는 크게 두 가지입니다. 하나는 방어하기 위해 위협용으로 짧게 무는 행동이고, 다른 하나는 먹이를 먹기 위해 물고 몸을 감는 행동입니다. 일반적으로 볼파이톤은 자신을 방어하기 위해 쉬익 소리를 내는 히싱을 하거나, 몸을 공처럼 동그랗게 말지만 때에 따라서 짧게 무는 행동을 취해 몸을 방어하기도 합니다. 위협을 위해 짧게 무는 경우 이빨이 날카롭기 때문에 피가 조금 날 수도 있지만 크게 다치는 경우는 희박합니다.

배가 고픈 볼파이톤의 머리 쪽으로 손을 뻗었을 때 혹은 먹이를 주려다 볼파이톤이 손을 조준해 무는 경우, 볼파이톤이 손을 먹이로 오인해 있는 힘껏 물고 몸으로 감싸고 떨어지지 않으려 하기 때문에 피가 나거나 멍이 드는 등 다칠 수 있습니다. 먹이를 먹으려 나오는 볼파이톤은 평소와 다르게 빠르게 목을 움직여 먹이를 조준하는 액션을 취하기 때문에 먹이를 줄 때 이런 행동을 잘 관찰하고 손을 내미는 행동은 삼가는 것이 좋습니다.

먹이로 오인당해 물렸을 때 억지로 떼어내려는 경우가 많은데 이럴 경우 볼파이톤의 입장에서는 먹이가 있는 힘껏 달아난다고 착각하게 돼 오히려 더 강하게 몸으로 감싸 떼어내기 어려울 수 있습니다. 이럴 땐 너무 차갑지 않은 수돗물을 틀고 볼파이톤의 머리에 물을 닿게 하거나 스스로 몸을 풀 때까지 기다리는 것이 좋습니다.

볼파이톤은 크기가 작아 물고 조른다고 해도 치명적인 편은 아닙니다. 또한 물리더라도 하루 이틀이면 낫는 경우가 많습니다. 그렇지만 물린 후에는 세균에 감염되지 않게 소독을 해 주고, 신생아 등 스스로 몸을 방어하기 어렵고 병균에 취약한 아동의 경우엔 사고가 나지 않도록 특히 주의해야 합니다.

볼파이톤의 탈피

뱀은 일생동안 허물을 벗습니다. 볼파이톤 또한 크기가 성장하지 않더라도 주기적으로 허물을 벗습니다. 탈피 과정은 며칠에 걸쳐 서서히 진행됩니다. 처음엔 배처럼 몸의 흰색 부분이 분홍빛으로 변하고, 이후에는 색이 점점 탁해지며 눈 또한 뿌옇게 변합니다. 이때 눈이 뿌옇게 변해 파란빛으로 보이기 때문에 이 탈피 과정을 "블루가 왔다."라고 하고, 이후를 "블루가 풀린다."라고 표현합니다, 몸이 다시 어느 정도 선명해지며 2~3일 이내로 탈피를 하게 됩니다. 이 시기에 습도를 높여주는 게 좋습니다.

15 오렌지드림

Orangedream

오렌지드림 Orangedream

▶ 타입: 불완전 우성 유전자 Incomplete Dominant

▶ 같은 계통 유전자: High Intensity OD

오렌지드림 볼파이톤은 색상과 패턴에 변화를 주는 모프입니다. 오렌지드림(Orangedream)이라는 이름은 밝은 오렌지색 뱀이 유전적이라는 것을 처음으로 증명한 오지 보이드(Ozzy Boids)가 수백만 달러를 벌어들일 것이라고 농담을 했고, 그의 친구는 "계속 꿈을 꾸세요."라고 답한 것에서 유래하였습니다. 밝은 발색을 만들어주는 데 아주 좋은 유전자이며, 패턴을 단조롭게 만들어 클린함을 더해주기도 합니다. 2004년 최초로 검증되었으며, 현재도 엄청난 잠재력을 갖고 있어 많은 브리더들의 프로젝트에서 필수적인 유전자 중 하나입니다.

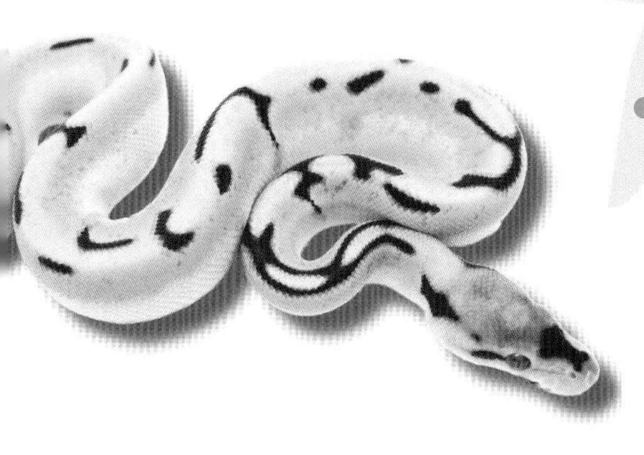

슈퍼 오렌지드림 스파이더

Super Orangedream Spider

슈퍼 오렌지드림 엔치 스피너

Super Orangedream Enchi Spinner

슈퍼 오렌지드림 핀스트라이프
Super Orangedream Pinstripe

오렌지드림 레오파드 옐로벨리
Orangedream Leopard Yellowbelly

오렌지드림 레오파드 클라운 파이드
Orangedream Leopard Clown Pied

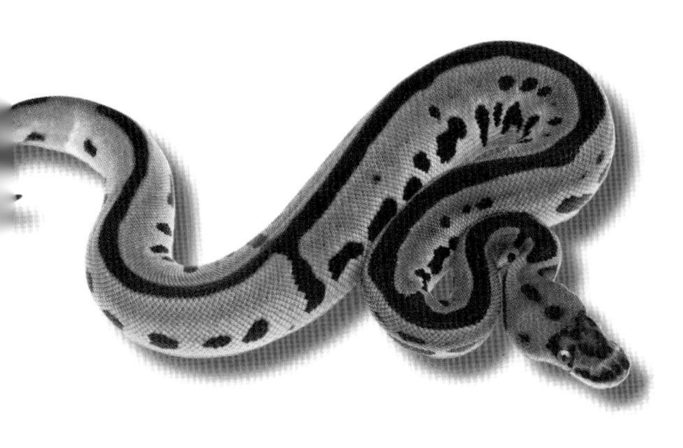

오렌지드림
레오파드
클라운
Orangedream
Leopard Clown

오렌지드림 스팟노즈
옐로벨리 클라운
Orangedream Spotnose
Yellowbelly Clown

오렌지드림 엔치 파이드

Orangedream Enchi Pied

오렌지드림 클라운
Orangedream Clown

오렌지드림 사이프레스 모하비 고스트
Orangedream Cypress Mojave Ghost

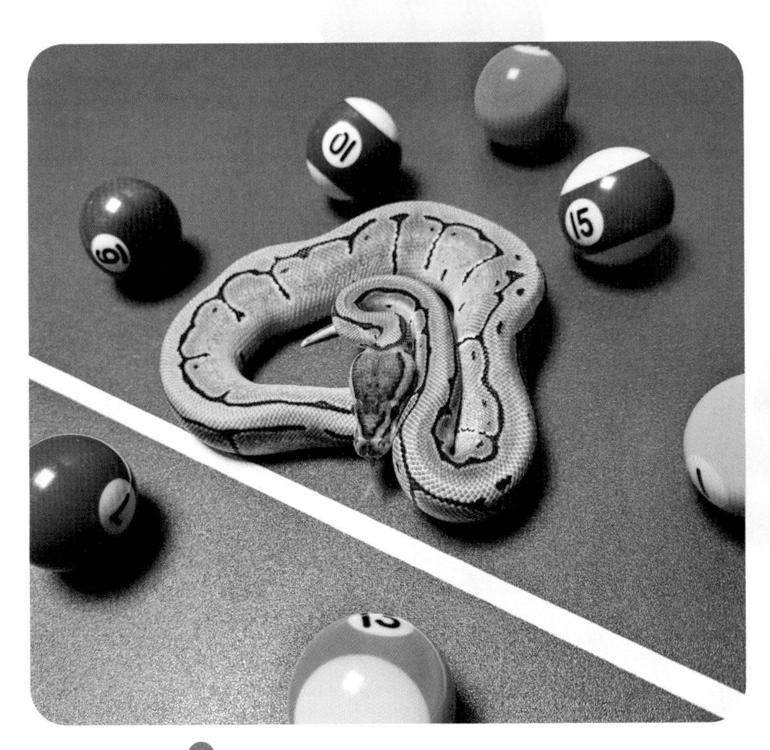

오렌지드림 핀스트라이프
Orangedream Pinstripe

오렌지드림 옐로벨리
모하비 블랙헤드 파이드
Orangedream Yellowbelly
Mojave Blackhead Pied

출처 28

16 파스텔 Pastel

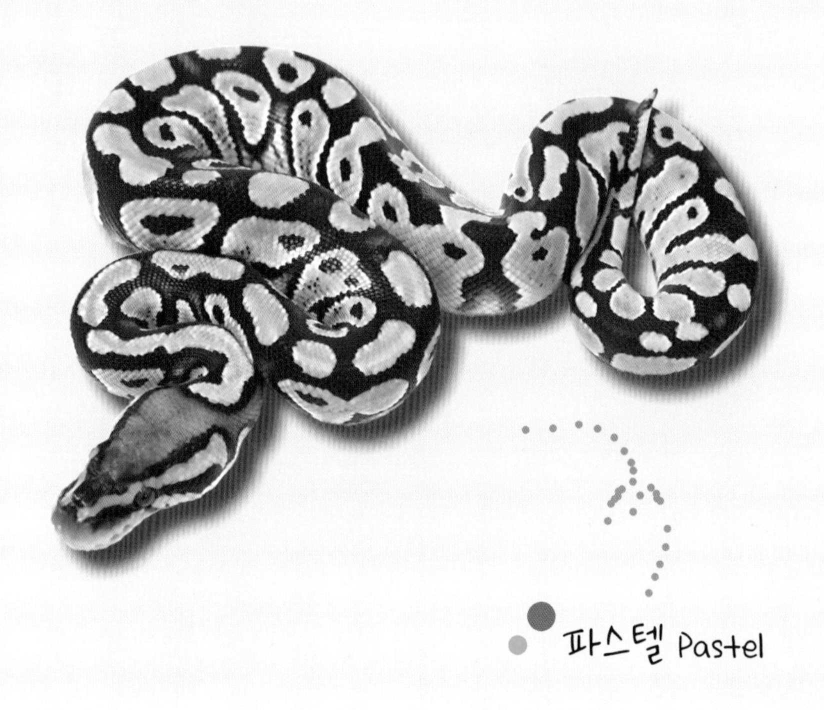

파스텔 Pastel

▶ 타입: 불완전 우성 유전자 Incomplete Dominant

▶ 같은 계통 유전자: 시트러스 파스텔 Citrus Pastel, 레몬 파스텔 Lemon Pastel

파스텔은 1994년경 최초 발견되었습니다. Greg Graziani는 미국 파충류 수입업자로부터 수컷 볼파이톤을 입양했습니다. 그는 1년 후 파충류 박람회에서 New England Reptile Distributors(NERD)의 Kevin McCurley가 자신과 똑같이 생긴 암컷을 가지고 있다는 사실을 알게 되었습니다. 이후 두 브리더는 파스텔이 우성 모프임을 증명하였습니다. 파스텔이 다양한 모프와의 브리딩을 통해 노란 발색에 매우 특화된 것이 알려지기 시작하였고, 대표적인 모프로는 파스텔 스파이더 더블 모프 콤보인 범블비가 있습니다.

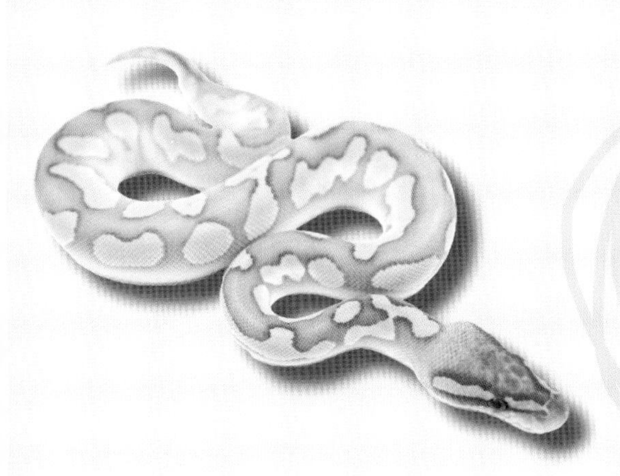

버터 엔치 파스텔
고스트
Butter Enchi Pastel
Ghost

슈퍼 파스텔 레오파드
Super Pastel Leopard

오렌지드림 파스텔
스파이더 레오파드
옐로벨리
Orangedream Pastel
Spider Leopard
Yellowbelly

오렌지드림 파스텔 엔치 레오파드 옐로벨리

Orangedream Pastel Enchi Leopard Yellowbelly

파스텔 아잔틱 파이드

Pastel Axanthic Pied

파스텔 오렌지드림 엔치

Pastel Orangedream Enchi

파스텔 오렌지드림 파이드

Pastel Orangedream Pied

파스텔 파이드

Pastel Pied

파스텔 엔치 레오파드

Pastel Enchi Leopard

출처 29

파스텔 엔치 레드스트라이프 옐로벨리 데저트고스트 클라운

Pastel Enchi Redstripe Yellowbelly Desertghost Clown

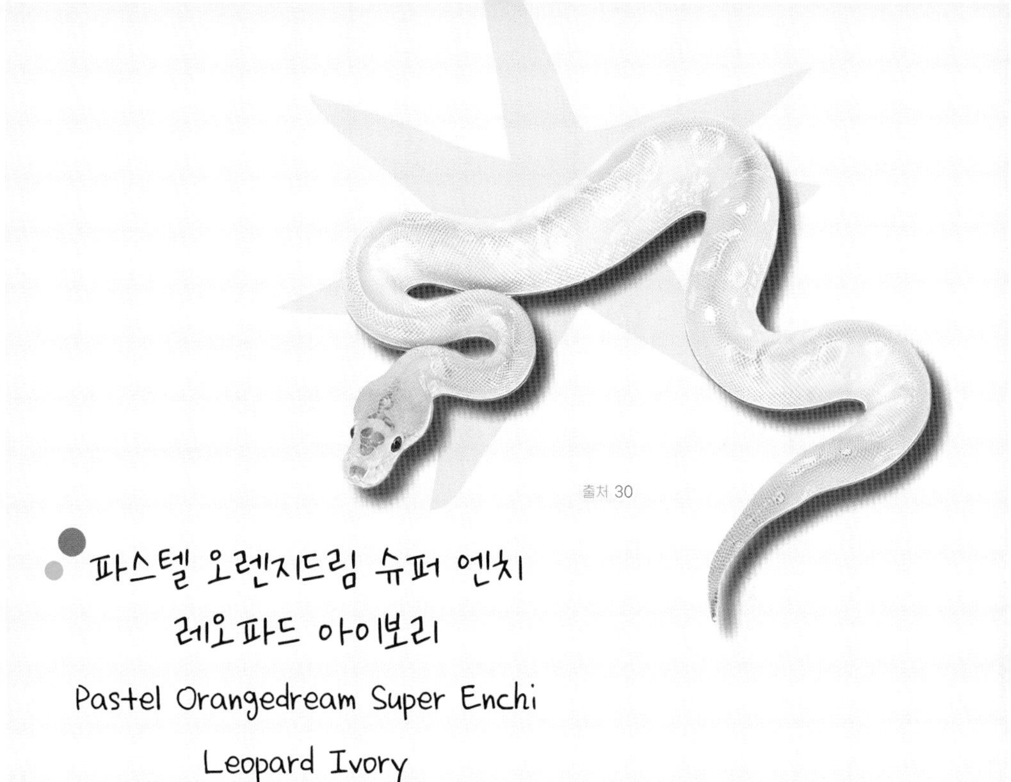

출처 30

파스텔 오렌지드림 슈퍼 엔치
레오파드 아이보리
Pastel Orangedream Super Enchi
Leopard Ivory

파스텔 레드스트라이프 사이프레스
레오파드 컨퓨전
Pastel Redstripe Cypress
Leopard Confusion

출처 31

볼파이톤 질병, 위기상황1

주의!!

사례로 제시한 극단적인 상황을 모든 볼파이톤에게 **일괄적으로 적용**하지 말아주세요. 개체의 **특성과 상황에 따라서** 다른 대처가 필요할 수 있습니다.

적절한 물과 먹이를 제때 공급하고 절대 방임·방치하지 마세요.

볼파이톤이 아플 땐 다른 반려동물과 마찬가지로 동물병원에서 적절한 치료를 받아야 합니다. 대부분의 볼파이톤은 야생에서 채집된 개체가 아닌 인공사육 개체로 각종 외부 기생충에 노출될 가능성이 적고, 상당히 강인한 종이므로 적절한 환경만 갖춰진다면 크게 어려움 없이 키울 수 있습니다.

- **볼파이톤은 최대 12일간 물 없이 건강에 특별한 문제없이 지낼 수 있다고 알려져 있습니다.**
- **건강한 볼파이톤의 경우 몇 개월간 굶어도 건강에 문제가 없습니다.**
- **질병이 아닌 스스로 먹이를 먹지 않는 자연스러운 거식일 땐 1년간 먹이를 먹지 않는 경우도 있다고 합니다(이 경우에도 건강에 문제가 가지 않는다고 합니다).**
- **뱀 중에선 가끔 큰 먹이를 먹은 후 토하는 경우도 있지만, 볼파이톤은 토하는 경우가 드문 편입니다.**

※ 극단적인 사례이므로 일반화해서 적용하지 마세요.
볼파이톤의 건강을 보증할 수 없습니다.

그러나 키우는 중 곤란한 일이 생길 수도 있고, 때로는 생사를 오갈 수 있는 치명적인 병에 걸릴 수도 있습니다. 이런 경우를 대비해 뱀을 진찰할 수 있는 동물병원의 위치를 미리 파악해두고 진찰받는 것이 좋습니다. 볼파이톤을 면밀히 살펴보고 이상 징후가 있으면 적절한 진찰 및 조치를 받을 수 있도록 해야 합니다.

탈피부전

탈피부전은 정상적으로 탈피를 하지 못한 상황을 뜻하며, 대개 습도가 낮아서 생깁니다. 볼파이톤을 키우면서 한 번쯤 겪을 수 있습니다. 일반적으로 등 일부에 조금씩 허물이 남는 탈피부전은 큰 문제가 되지 않지만 눈을 덮는 비늘인 아이 캡, 또는 꼬리의 허물을 계속 벗지 못할 경우 괴사하는 경우가 있습니다. 몸의 색이 탁해지고 눈이 푸른빛으로 변하는 탈피 기간인 '블루'가 왔을 때 분무를 해주거나 탈피를 돕기 위해 마찰력 좋은 구조물을 추가로 넣어주는 방법, 핫존에 물그릇을 배치해 증발율을 높이는 방법, 물그릇을 추가로 배치하거나 코코허스크 등 습도를 오래 머금는 바닥재로 교체해 주는 방법 등으로 탈피부전을 막을 수 있습니다. 만약 핫존에 물그릇을 두는 방법을 선택했다면 물그릇을 청결하게 유지해줘야 합니다.

가벼운 탈피부전의 경우 습도만 추가로 올려주면 남은 허물을 스스로 벗는 경우도 있지만, 온몸의 허물을 벗지 못했을 땐 허물을 억지로 떼어내지 말고 온욕을 통해 해결하는 것이 좋습니다. 환기 구멍 있는 통에 27~29℃ 정도의 물을 몸이 담길 정도로 붓고 10분에서 몇 시간을 둔 후 부드럽게 손으로 벗겨주면 됩니다. 이때, 물을 실온에 방치할 경우 수온이 내려가기 때문에 27~29℃를 유지할 수 있도록 지속적으로 물을 갈아주거나 27~29℃의 물을 주기적으로 보충해 줘야 합니다(인큐베이터가 있다면 인큐 온도 세팅 후 볼파이톤과 물이 담긴 통을 인큐에 넣어 두는 방법도 있습니다).

조각조각 벗겨지는 피부 >

출처 32

감기 (RI, 호흡기 질환)

한국에서는 감기로 알려져 있어 대개 온도가 낮을 경우에만 걸리는 병으로 생각하기 쉽지만, 온도가 너무 낮거나, 습도가 지나치게 높거나 너무 낮은 경우, 사육장이 청결하지 않은 경우, 입안에 염증이 생긴 경우 등 다양한 원인으로 감기에 걸리게 됩니다. 감기는 기생충, 바이러스, 곰팡이 등 다양한 원인으로 발생할 수 있으나 일반적으로 박테리아에 의해 발생합니다.

뱀은 횡격막이 없어 가래를 스스로 뱉을 수 없으므로 질병으로 인해 가래 분비량이 많아질 경우 질식하는 경우가 있습니다. 또한 한쪽 폐가 퇴화되어 한 쪽 폐만 기능을 주로 담당하고 있어 폐렴에 걸릴 경우 치명적입니다. 감기에 걸릴 경우 입을 벌려보면 거품이 있거나 침을 흘리는 등 점액이 과다하게 나오기 시작합니다. 사육장 벽면에 말라붙은 침이 관찰될 때도 있습니다. 먹이를 잘 받아먹지 않거나 먹더라도 목이 부어 삼키지 못하고 뱉어내기도 하며, 기운이 없어 다른 곳으로 이동시켜도 움직이지 않고 가만히 있기도 합니다.

입을 벌리고 숨을 쉬거나 숨을 쉴 때 풍선에서 바람이 빠지는 것 같은 소리가 날 때도 있습니다. 감기는 옮길 수도 있기 때문에 증상이 있는 개체를 발견하게 된다면 즉시 격리하고 만진 후엔 반드시 손을 씻고, 다른 개체를 만지지 않도록 주의합니다. 핀셋같이 공용으로 사용하는 도구도 따로 사용하고 소독해야 합니다. 이런 증상을 발견했을 땐 격리하고 온도와 습도를 높여주고, 뱀을 진찰할 수 있는 동물병원에 데려가는 것이 좋습니다.

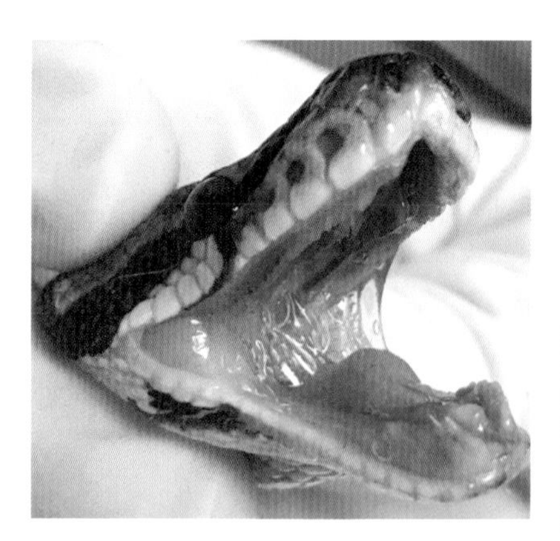

감기 걸린 개체의 입가에 과도하게 분비되는 점액

출처 33

붉은 반점들이 보이는 피부

출처 34

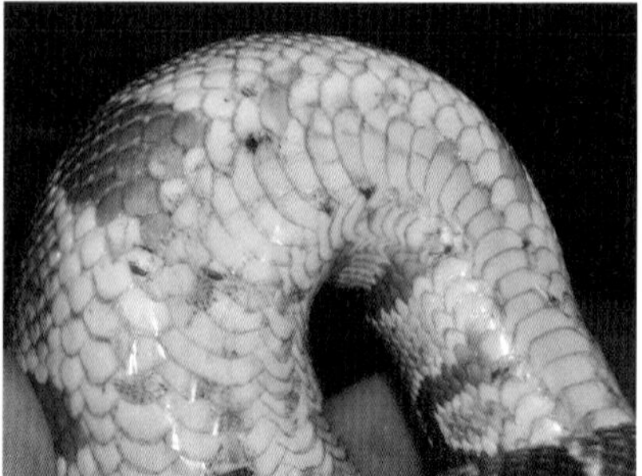

피부염(스케일롯)

청결하지 못한 환경, 지나치게 습한 환경에서 일어날 수 있는 질환입니다. 물집이 잡히고, 빨갛게 변하거나 붉은 반점이 생기기도 합니다. 주로 배 부분에서 이런 증상이 발견됩니다. 피부염으로 인해 탈피 주기가 앞당겨지기도 합니다. 치료하지 않고 방치할 경우 패혈증을 유발할 수 있으며 심한 경우 며칠 내로 죽음에 이를 수 있습니다. 증상을 발견했을 땐 청결하고 건조한 환경으로 일시적으로 옮겨준 후 뱀을 진찰할 수 있는 동물병원에 데려가는 것이 좋습니다.

화상

열원과 직접적으로 닿을 경우 화상을 입을 수 있습니다. 화상을 입을 경우 빨갛게 변하거나 심하면 가죽이 벗겨질 수도 있습니다. 스팟 등 상부 열원을 사용하는 경우 볼파이톤이 전구에 직접 닿지 않게끔 안전망을 설치해줘야 하고, 전기장판은 사육장 외부에 설치합니다. 실온이 낮을 경우 몸을 데우기 위해 오랜 시간 핫존에 머무르다 저온화상을 입는 경우도 있는데 이런 경우 핫존의 바닥면뿐만 아니라 전반적인 공기 온도를 데워주는 것으로 예방할 수 있습니다.

화상으로 피부가 상한 모습

출처 35

17 파이볼드 Piebald

▶ 타입: 열성 유전자 Recessive

▶ 같은 계통 유전자: 없음

1980년대 초반 캘리포니아의 한 동물원에서 얼룩말의 특징과 유사한 흰색 반점을 보이는 두 마리의 볼파이톤을 수입하였습니다. 이후 1994년, Peter Kahl은 알비노 검증을 성공적으로 번식시킨 Bob Clark의 뒤를 이어 열성 유전자를 재현할 희망으로 비슷한 흰 반점 패턴을 보이는 파이볼드를 구하였고, 1997년 자신이 번식할 수 있는 크기에 도달한 한 쌍에게서 알 5개를 얻게 되었습니다. 예측할 수 없는 패턴과 밝은 흰색 무늬의 뚜렷한 대조로 생긴 "얼룩무늬"는 많은 마니아에게 사랑받고 있습니다. 패턴은 무작위이며, 아예 없는 것(높은 흰색)부터 몸 전체를 덮는 것(낮은 흰색)까지 다양합니다. 화이트 비율에 따라 로우, 미디엄, 하이 화이트로 구분지어서 부릅니다.

파이볼드 로우 화이트 Piebald Low White

파이볼드 미디엄 화이트 Piebald Medium White

빈틈 투성이~

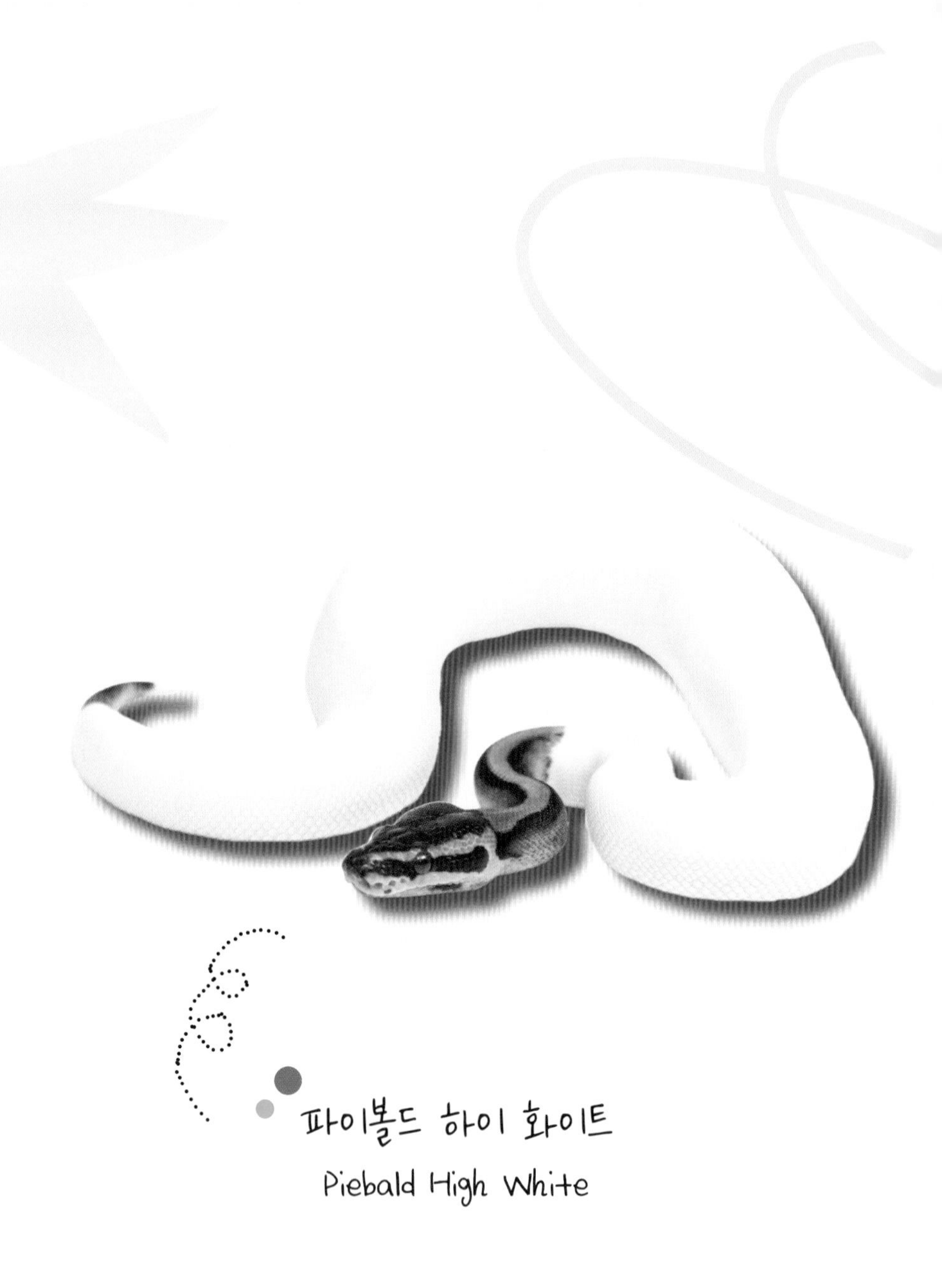

파이볼드 하이 화이트

Piebald High White

바나나 파이볼드

Banana Piebald

아롱아롱

블랙헤드 시나몬 모하비 오렌지드림 파이드
Blackhead Cinnamon Mojave Orangedream Pied

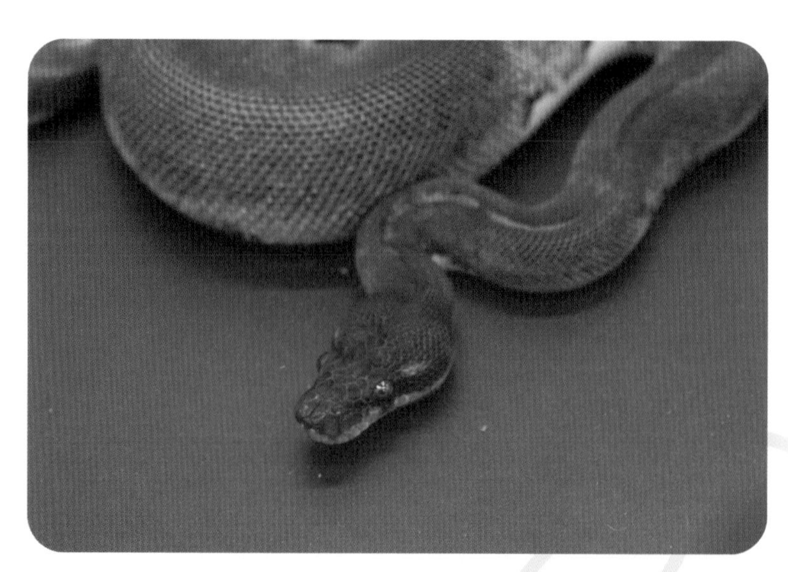

G.H.I 마호가니 모하비 엔치 파이드

G.H.I Mahogany Mojave Enchi Pied

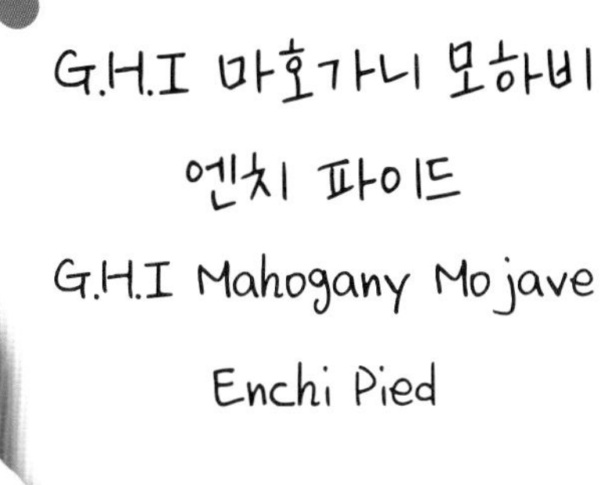

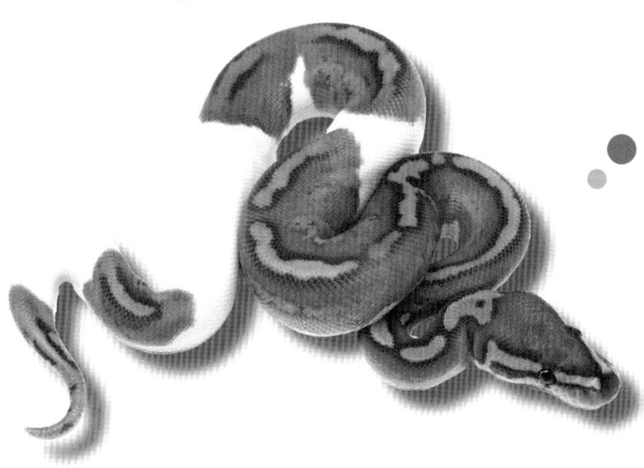

고스트 파이드

Ghost Pied

블랙헤드 모하비 파스텔 엔치 파이드

Blackhead Mojave Pastel Enchi Pied

블랙헤드 파이드

Blackhead Pied

시나몬 파스텔 파이드

Cinnamon Pastel Pied

오렌지드림 프리웨이 클라운 파이드

Orangedream Freeway Clown Pied

출처 36

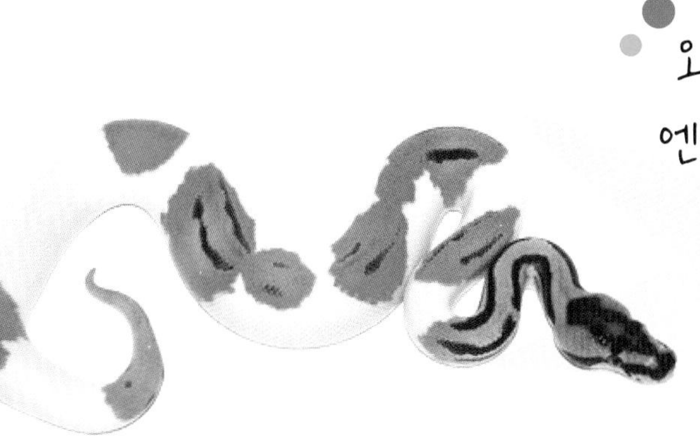

출처 37

오렌지드림 옐로벨리 엔치 레오파드 파이드

Orangedream yellowbelly Enchi Leopard Pied

오렌지드림 옐로벨리 레오파드 스페셜 파이드

Orangedream Yellowbelly Leopard Special Pied

출처 38

슈퍼 오렌지드림 옐로벨리 엔치 파이어 레오파드 파이드

Super Orangedream Yellowbelly Enchi Fire Leopard Pied

출처 39

18 옐로벨리 Yellowbelly

옐로벨리 Yellowbelly

▶ 타입: 불완전 우성 유전자 Incomplete Dominant

▶ 같은 계통 유전자: 아스팔트 Asphalt, 그라벨 Gravel, 스펙터 Specter, 스파크 Spark

1997년경 Amir Soleymani는 파충류 전시회에서 이상하게 생긴 볼파이톤이 노멀(Normal)로 분양되는 것을 보고 1999년 그것이 유전적이라는 것을 증명했습니다. Amir가 처음 입양한 지 6년 후, The Snake Keeper(TSK)는 Yellowbelly × Yellowbelly 페어링으로 클러치를 생산했고 마침내 알에서 나왔을 때 노란색 줄무늬가 없는 크림색의 흰색 뱀(Ivory)을 보고 충격을 받았습니다. Yellowbelly 유전자가 불완전하게 우성임을 입증한 것입니다.

마호가니 스팟노즈 옐로벨리

Mahogany Spotnose Yellowbelly

스팟노즈 옐로벨리 레드스트라이프 클라운

Spotnose Yellowbelly Redstripe Clown

옐로벨리 레오파드 클라운

Yellowbelly Leopard Clown

옐로벨리 스팟노즈 클라운

Yellowbelly Spotnose Clown

오렌지드림 옐로벨리 레오파드 엔치

Orangedream Yellowbelly Leopard Enchi

탄생!!

출처 40

블랙파스텔 스팟노즈 레드스트라이프 옐로벨리
Blackpastel Spotnose Redstripe Yellowbelly

출처 41

파이어플라이 오렌지드림 옐로벨리 레서 우키
Firefly Orangedream Yellowbelly Lesser Wookie

출처 42

오렌지드림 옐로벨리 블랙퓨터 레오파드 스팟노즈
Orangedream Yellowbelly Blackpewter Leopard Spotnose

출처 43

레드스트라이프 옐로벨리 스팟노즈 모하비

Redstripe Yellowbelly Spotnose Mojave

슈퍼 오렌지드림 엔치 옐로벨리

Super Orangedream Enchi Yellowbelly

출처 44

10 INFO

볼파이톤 질병, 위기상황2

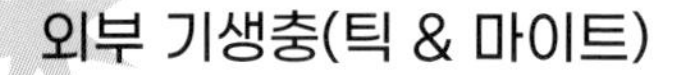

외부 기생충(틱 & 마이트)

외부 기생충은 크게 비늘 사이에 달라붙어 있는 큰 진드기인 틱과 여기저기 돌아다니는 작고 검은 진드기인 마이트로 나뉩니다. 인공증식 개체가 대다수인 볼파이톤의 경우 틱과 마이트가 있는 경우는 드물지만, 틱과 마이트를 가지고 있는 개체와 접촉하면서 옮을 수 있습니다. 다양한 파충류와 사람이 모이는 곳에 갈 경우 집에 돌아와 옷을 청결히 세탁하고 손을 깨끗이 씻은 후 볼파이톤을 만지는 것이 좋습니다. 기생충이 있을 경우 볼파이톤이 물그릇에 들어가 있을 수 있습니다. 이런 행동을 보인다면 몸을 꼼꼼히 살펴 틱이나 마이트가 있는지 확인하는 것이 좋습니다. 틱이 비늘 사이에 달라붙어 있을 땐 억지로 떼어내기보단 면봉에 식초를 적셔 떼어내는 것이 좋습니다.

마이트는 1마리가 80개의 알을 낳고 활동 반경 또한 15m로 넓은 편이기 때문에 즉시 사육장을 깨끗하게 소독하고 27~29℃의 온도가 유지되는 물에 온욕을 해주는 것이 좋습니다. 약품을 쓰는 방법도 있지만 양에 따라 위험할 수도 있기 때문에 충분히 용법을 확인 후 쓰는 것이 좋습니다(허물을 벗을 때 온욕을 겸하면 가장 손쉽게 제거됩니다).

내부 기생충

인공증식 개체가 대다수인 볼파이톤의 경우 내부 기생충을 가지고 있는 경우는 극히 드뭅니다. 만일 눈에 띄게 체중이 줄어들고 밥을 잘 먹지 않는다면 내부 기생충을 의심해볼 수 있습니다. 뱀을 진찰할 수 있는 동물병원에 마르기 전의 배설물을 비닐 팩에 담아서 진찰을 받은 후 구충을 진행하는 것이 좋습니다.

바이러스 감염

IBD(Inclusion Body Disease), OPMV 등의 종류가 있습니다. IBD에 감염될 경우 스파이더 모프의 워블처럼 균형을 잃은 듯한 행동을 보입니다. OPMV, 니도 바이러스에 감염될 경우 목이 붓거나 침을 흘리는 등 감기와 유사한 증상을 보입니다. 바이러스 감염의 경우 항생제가 소용 없고 죽음과 직결되는 경우가 많기 때문에 예방을 우선적으로 해야 합니다. 의심되는 개체가 존재할 경우 몇 개월간 다른 공간으로 격리 후 모습을 지켜보는 것이 좋습니다. 교차감염을 피하기 위해 의심스러운 개체를 만진 후엔 손을 꼭 소독하고, 의심스러운 개체나 케이지를 만진 손으로 다른 볼파이톤을 만져서는 안 됩니다. 핀셋 같은 도구도 따로 사용하고 사용이 끝난 후엔 소독해야 합니다. 피해를 최소한으로 줄이는 것이 중요합니다.

변비

사육장 내의 온도가 지나치게 높아 탈수가 생길 경우 물그릇이 있더라도 요산이 딱딱해진 상태로 배설강을 막아 변비가 생길 수 있습니다. 특히 해츨링 때 갑작스럽게 밥을 먹지 않을 경우 총 배설강 근처의 아랫배를 만졌을 때 딱딱한 덩어리가 만져진다면 변비일 수도 있습니다. 온욕을 하며 물을 충분히 섭취하게 도와주고 요산이나 대변을 배출하게끔 유도하는 방법이 있습니다. 간혹 요산이 너무 커져 유도하는 방법만으로는 안 될 때는 부드럽게 요산을 밀어 총배설강으로 꺼내주는 방법도 있습니다.
단, 숙련되지 않은 사람이 직접 요산 배출을 도울 경우 다칠 수도 있기 때문에 이런 상황에 익숙하지 않다면 파충류를 진찰할 수 있는 동물병원에 찾아가는 것이 좋습니다. 볼파이톤은 콘 스네이크, 킹 스네이크와 같은 뱀과 배변 사이클이 다릅니다. 먹이를 먹고 며칠 뒤에 바로 배변하는 것이 아닌, 몇 번 먹이를 먹은 후 배변하는 경우도 있기 때문에 일주일마다 변을 보지 않는다고 해도 걱정하지 않아도 됩니다.

하드 벨리

해츨링에게서 일어나는 증상입니다. 알 속에 있을 땐 난황과 배가 연결되어 있는데, 이 부분에 감염이 생길 경우 주변 부위가 딱딱하게 변합니다. 내장이 감염된 상태이기 때문에 점점 약해지다 죽는 경우가 많습니다.

에그 커팅이나 알에서 갓 태어난 해츨링을 만지기 전엔 항상 손을 씻고 만지고 만일 알에서 나온 해츨링의 배가 아직 닫히지 않았을 경우 깨끗한 키친타월에 물을 적신 세팅을 유지해 주면 며칠 내로 배가 닫히게 됩니다.

탈장

반음경(수컷 뱀의 생식기) 또는 장이 총 배설강을 통해 나온 후 들어가지 않는 경우가 있습니다. 비만, 스트레스, 운동 부족, 탈수 등이 원인이 될 수 있습니다. 간혹 베이비의 경우 배변할 때 작은 나무칩 베딩이 들러붙어 탈장이 생기는 경우도 있습니다. 물에 적신 면봉으로 부드럽게 해당 부위를 밀어 넣으면 대개 정상적으로 돌아오지만, 만일 탈장된 지 시간이 지나 부어 넣을 수 없는 상태라면 설탕을 물에 끈적하게 개어 발라준 후 기다리면 돌출된 부분에서 수분이 빠져나가 작게 줄어들게 됩니다. 그 후에 다시 부드럽게 밀어 넣어줍니다. 내부 기관이 튀어나온 것이기 때문에 시간이 지나 건조해지지 않게끔 신경 써야 합니다. 한밤중에 탈장이 생겨 동물병원에 당장 가기 어려운 상황이라면 바셀린 등을 발라 건조해지는 것을 방지하고 신문지나 키친타월처럼 이물질이 들러붙지 않는 바닥재로 교체해 주도록 합니다. 그 후 뱀을 진찰할 수 있는 동물 병원에 방문하면 됩니다. 건조해지게 되면 수술을 해야 할 수도 있지만, 일반적으로 밀어 넣을 수 있는 시기면 쉽게 해결할 수 있습니다. 탈장이 생긴 후엔 1주일 정도 먹이 급여를 멈추고 지켜보고, 이후에 작은 먹이를 순차적으로 급여하는 것이 좋습니다.

마우스롯

불결한 환경, 세균 감염, 상처 등으로 인해 입안에 염증이 생기게 됩니다. 입이 붓거나 피가 섞인 침을 흘리는 등의 증상을 보이며 입을 열었을 때 흰색 염증이 보이기도 합니다. 심해질 경우 이가 빠지고 먹이를 거부하기도 하며, 감기로 이어질 수 있기 때문에 빠른 치료가 필요합니다. 보통 좁은 사육환경과 방치된 배설물이 주된 감염 원인이기 때문에 항상 청결을 유지해야 합니다.

탈출

질병은 아니지만, 볼파이톤을 키우면서 조심해야 하는 부분입니다. 볼파이톤은 따뜻하고 습한 곳에 서식하기 때문에 실외의 온도와 습도는 적합하지 않은 경우가 많습니다. 또, 뱀을 키우지 않는 사람들은 뱀에 대한 이해도가 떨어질 수밖에 없기 때문에 탈출한 볼파이톤을 보고 큰 공포감을 느낄 수 있습니다. 해외 브리더의 경우 지진으로 인해 볼파이톤의 케이지가 선반에서 떨어져 뱀이 탈출한 경우도 있다고 합니다. 따라서 볼파이톤이 설령 케이지에서 탈출하더라도 집에서는 못 나가게끔 환경을 만드는 것도 중요합니다.

19 트라이스트라이프

Tri-stripe

나의 포인트는 줄무늬

트라이스트라이프

Tri-stripe

▶ 타입: 열성 유전자 Recessive

▶ 같은 계통 유전자: 없음

트라이 스트라이프는 강력한 패턴 모프 중 하나로 등줄기의 무늬를 세 개의 형태로 만들어줍니다. 여러 가지의 라인이 존재하며 그중 KMR 라인은 호환되지 않는다고 알려져 있습니다. 2001년 아프리카에서 트라이 스트라이프가 해칭되었고, TSK가 2005년 브리딩을 통해 노멀 헷 트라이 스트라이프를 해칭 후 3년 뒤인 2008년 열성 모프임을 검증하였습니다.

시나몬 트라이스트라이프

Cinnamon Tri-stripe

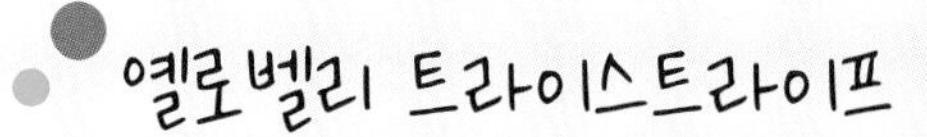

옐로벨리 트라이스트라이프

Yellowbelly Tri-stripe

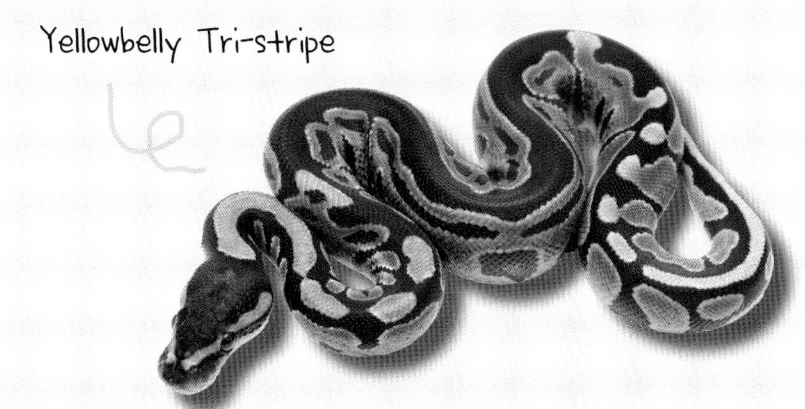

핀 트라이스트라이프

Pin Tri-stripe

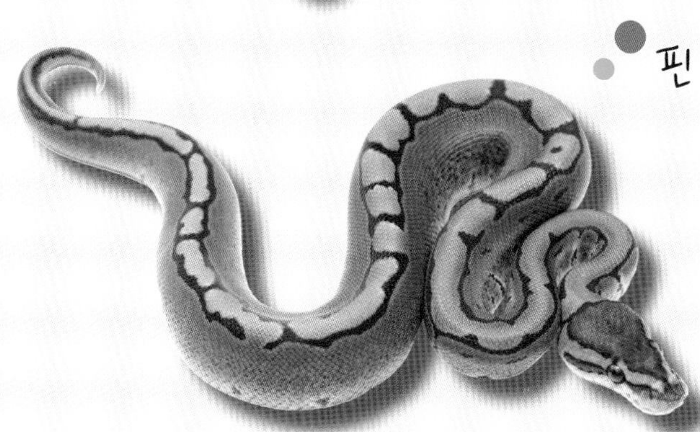

20 울트라멜
Ultramel

▶ 타입: 열성 유전자 Recessive

▶ 같은 계통 유전자: 없음

울트라멜 볼파이톤은 어두운 색소 침착을 줄여 몸 전체에 높은 대비 색상 조합을 남기는 색상 유전자입니다. 이름은 '울트라 멜라니즘(Ultramelanistic)'이라는 단어에서 유래되었지만 실제로 여기서 작용하는 것은 hypo melanism입니다. 밝은 오렌지 색감을 가지고 있는 모프이며, Reptile Industries의 검증으로 인해 1995년경 열성 모프임이 알려진 유전자입니다.

블랙헤드 레오파드 울트라멜
Blackhead Leopard Ultramel

블랙헤드 울트라멜
Blackhead Ultramel

레오파드 모하비 울트라멜
Leopard Mojave Ultramel

블랙헤드 블랙파스텔 레오파드 모하비 울트라멜

Blackhead Blackpastel Leopard Mojave Ultramel

출처 45

컨퓨전 울트라멜

Confusion Ultramel

출처 46

출처 47

레드스트라이프 스팟노즈 울트라멜

Redstripe Spotnose Ultramel

11 INFO

볼파이톤 피딩과 먹이

피딩과 먹이

애완용 볼파이톤은 주로 냉동된 쥐를 해동 후 따뜻하게 데운 상태에서 먹습니다. 볼파이톤에게 쥐 대신 소고기나 닭고기, 돼지고기 등 우리가 일반적으로 먹는 고기를 줘도 되는지 문의하는 경우가 있습니다. 볼파이톤은 야생에서 주로 설치류를 통째로 먹음으로써 뼈나 내장에서 필수적인 영양분을 섭취하게 됩니다. 따라서 우리가 일반적으로 먹는 소고기, 닭고기 등을 급여하는 것은 영양불균형을 초래할 수 있습니다. 쥐를 먹는다고 해서 어떤 병균이 있을지 알 수 없는 야생의 쥐를 잡아서 주는 것은 좋지 않습니다. 깨끗하게 관리된 파충류 전용 먹이로 키워진 쥐를 급여해야 합니다. 더럽게 관리된 쥐 역시 다양한 균을 보유하고 있으므로 먹이 급여에 각별히 신경 써야 합니다.

쥐는 크게 사이즈에 따라 '핑키/퍼지/하퍼/소/중/대/특대'로 구별합니다. 핑키는 태어난 지 얼마 안 된 쥐, 퍼지는 털이 막 나기 시작한 쥐, 하퍼는 좀 더 자란 쥐를 뜻하며, 판매하는 업체마다 크기의 기준이 다르기 때문에 자신의 볼파이톤의 몸통 중 가장 두꺼운 부분과 비슷한 크기의 쥐를 급여하는 것이 좋습니다. 한창 자라날 시기에는 볼파이톤 몸무게의 10~20% 무게의 쥐가 대체로 몸통 중 가장 두꺼운 부분과 비슷한 크기입니다.

ex) 100g의 볼파이톤의 경우 10~20g의 쥐가 먹이로 급여되며, 이는 래트와 마우스로 나뉩니다. 래트와 마우스는 크기에서 가장 차이가 납니다. 마우스는 다 커도 30~40g이지만, 래트는 다 클 경우 300g을 넘깁니다. 볼파이톤에 따라 래트는 먹지 않고 마우스를 먹는 경우가 있는데 이 경우 큰 마우스를 여러 마리 주면 되기 때문에 문제는 없습니다. 어떤 먹이를 어떤 방식으로 급여하여도 큰 차이는 나지 않기 때문에 볼파이톤이 선호하는 방식과 먹이의 종류로 급여하는 것이 좋습니다.

해동 방법과 피딩 방법

먹이를 줄 땐 냉동실에 있는 쥐를 하루 전 냉장고로 옮겨 서서히 해동한 후, 먹이를 주기 전에 온도를 30~35℃ 정도로 데워 핀셋으로 주는 것이 좋습니다. 해동 방법에 따라 세균이 많이 번식할 수 있으나, 냉동 쥐를 바로 따뜻한 전기장판에서 해동하는 방법, 냉동 쥐를 바로 따뜻한 물에 직접 닿게 해 해동하는 방법을 쓰는 분들도 있습니다. 단, 전자레인지로 해동 시 고루 해동되지 않을 수 있기 때문에 전자레인지로 해동해서는 안 됩니다. 또한 먹이가 익어서 문제가 될 수도 있습니다. 한 번 해동한 먹이는 세균이 증식되기 때문에 재 냉동하여 급여해서는 안 됩니다. 핀셋으로 먹이를 집은 뒤 볼파이톤의 머리 앞 10~20cm에서 가볍게 흔들어주면 빠르게 낚아채 먹이를 조른 뒤 천천히 삼킵니다.

먹이를 줄 땐 냉동실에 있는 쥐를 하루 전 냉장고로 옮겨 서서히 해동한 후, 먹이를 주기 전에 온도를 30~35℃ 정도로 데워 핀셋으로 주는 것이 좋습니다. 냉동 쥐를 바로 따뜻한 전기장판에서 해동하기도 하고, 따뜻한 물에 직접 해동하는 방법도 있습니다. 해동 방법에 따라 세균이 많이 번식할 수 있으므로 주의해야 합니다. 해동 후 오랜 시간이 지나서 변색 혹은 악취가 나는 먹이는 상식적으로 절대 급여해서는 안 됩니다. 또한 피딩에 실패하여 남은 쥐는 다시 냉동하지 않고 즉각 폐기해야 합니다.

볼파이톤은 익은 고기를 소화시키지 못하기 때문에 지나치게 높은 온도로 데우거나 전자레인지로 해동해서는 안 됩니다. 핀셋으로 먹이를 집은 뒤 볼파이톤의 머리 앞 10~20cm에서 가볍게 흔들어주면 빠르게 낚아채 먹이를 조른 뒤 천천히 삼킵니다. 핀셋으로 먹이를 주는 것을 무서워하는 경우도 있는데 이때, 따뜻하게 데운 쥐를 사육장 안에 넣어두면 스스로 먹기도 합니다.

먹이로 급여한 쥐를 방치해둘 경우 빠르게 부패하기 때문에 먹지 않는다면 빠른 시간 내에 치워주는 것이 좋습니다. 질 좋은 먹이 급여, 행동 풍부화 등 다양한 이유를 목적으로 살아있는 먹이를 급여하는 경우도 있습니다. 이를 '라이브 피딩'이라고 부릅니다. 라이브 피딩을 할 땐 먹이가 볼파이톤을 물어 크게 다치게 하거나 볼파이톤을 죽게 할 수도 있기 때문에 절대 살아있는 먹이와 볼파이톤을 함께 방치해서는 안 됩니다.

point 1 랫? 마우스? 어떤 게 정답?

"볼파이톤에게 래트를 주는 것이 좋을까요? 아니면 마우스를 주는 것이 좋을까요?"는 많은 볼파이톤 사육자 분께서 질문하는 내용입니다. 결론부터 말씀드리면 래트와 마우스는 다른 종이므로 서로 다른 장단점을 가지고 있지만 래트와 마우스 중 어떤 종류를 주더라도 성장, 번식에 큰 차이는 없다는 것입니다. 즉, 사육자가 원하는 먹이 종류를 주는 것보단 개체가 선호하는 먹이 종류를 주는 것이 좋습니다.

볼파이톤이 밥을 먹지 않는 경우

★ 적절하지 않은 환경으로 인한 거식

너무 춥거나, 건조하거나, 지나친 핸들링, 갑작스러운 환경 변화 등으로 스트레스를 받는 경우 먹이를 먹지 않는 경우가 있습니다. 특히 처음 볼파이톤을 데려왔을 때 귀여운 모습을 참지 못하고 수차례 만지거나 자주 들여다보는 경우 먹이를 먹지 않는 경우가 있습니다. 처음 볼파이톤을 데려왔을 때, 첫 먹이를 먹을 때까지 필요하지 않은 핸들링을 하지 않는 것이 큰 도움이 됩니다. 파충류를 분양하는 곳에서는 대개 랙 사육장을 사용하기 때문에 채집통이나 포맥스 같은 곳으로 사육환경이 변했을 때에도 먹이를 안 먹기도 합니다. 이럴 땐 랙 사육장으로 옮겨주거나, 여의치 않다면 몸에 꼭 맞는 은신처를 추가로 넣어주는 것이 좋습니다.

새롭게 데려온 볼파이톤이 밥을 먹지 않거나, 이사를 했거나, 계절이나 날씨가 변했다면 적절한 온도와 습도가 맞는 사육 환경이 갖춰졌는지, 스트레스를 받을만한 환경인지, 이전에 살던 곳과 비슷한 환경인지, 지나치게 자주 들여다보거나 핸들링을 하지 않았는지 체크해보는 것이 좋습니다.

★ 먹이로 인한 거식

볼파이톤은 조금은 까다로운 입맛을 가진 뱀으로 이전과 다른 먹이를 줄 경우 먹지 않는 경우도 있습니다. 살아있는 먹이인 '라이브'를 먹고 자라 냉동 먹이를 먹지 않는 경우, 평소 공급받던 곳이 아닌 다른 업체의 쥐를 먹지 않는 경우, 래트를 먹지 않는 경우, 마우스를 먹지 않는 경우, 크기와 상관없이 한 마리만 먹는 경우, 마릿수에 상관없이 작은 쥐만 고집하는 경우 등 볼파이톤마다 다양한 성향이 있습니다. 이럴 땐 가급적 볼파이톤이 원래 선호하던 먹이를 급여하는 것이 좋습니다. 인위적으로 온도를 올린 냉동 먹이와 달리 살아있는 먹이는 볼파이톤의 선호도가 높기 때문에 해외의 유명 브리더들은 주로 라이브 피딩을 합니다. 만일 한창 먹이를 먹고 쑥쑥 커야 할 해츨링, 베이비 볼파이톤이 평소 먹던 먹이를 거부할 경우 살아있는 먹이를 주는 것도 하나의 방법입니다. 먹이의 온도가 너무 낮을 경우에도 볼파이톤이 먹이 반응을 보이지 않기도 합니다. 마우스의 체온은 약 36.5~38°C, 랫의 체온은 약 35.9~37.5°C이므로 30°C 초반까지는 온도를 올려주는 것이 좋습니다. 먹이

point 2 랫과 마우스의 장단점

선호도가 떨어지는 먹이를 급여할 경우, 피딩을 거부할 때 사육자에게 스트레스가 되기도 하고, 한 번 녹인 먹이는 세균이 증식할 수 있어 재 냉동을 해선 안 되기 때문에 폐기해야 하므로 금전적인 손실이 생기는 경우도 있습니다. 래트와 마우스 어떤 종을 급여하더라도 적절한 양만 준다면 성장 및 번식에 영향을 주지 않기 때문에 볼파이톤이 잘 먹는 먹이를 주는 것을 추천드립니다.

해동 시 먹이에서 피가 날 경우 오히려 먹이를 먹지 않는 경우도 있습니다. 피 냄새를 맡고 거부하는 개체에겐 피가 흐르지 않은 먹이를 주는 것이 좋습니다. 과도하게 피딩을 많이 할 경우 거부하기도 합니다. 적절한 주기에 맞춰 적절한 양을 꾸준히 주시는 것이 좋습니다.

★ 자연스러운 사이클에 의한 거식

야생의 볼파이톤은 1년 중 9개월가량 먹이가 희박한 환경에서 자랍니다. 어느 정도 성장을 한 볼파이톤은 먹이를 더 먹지 않는 경우가 많으며, 이것은 볼파이톤의 건강에 아무 문제도 끼치지 않습니다. 대개 성 성숙이 되어가는 700g~1kg쯤 이런 거식이 두드러지는 편입니다. 이런 자연스러운 사이클로 인한 거식 시기에 오히려 먹이를 먹이려 강제로 시도하는 경우 놀라서 더욱 먹이를 거부하는 경우가 있습니다. 만일 어느 정도 성장한 볼파이톤이 먹이를 더 먹지 않는 경우 이는 자연스러운 현상이기 때문에 문제 삼지 않아도 괜찮습니다. 1년에 오직 3개월만 먹는 볼파이톤도 있지만 자연스러운 사이클로 인한 거식이라면 건강에 문제가 되지 않습니다.

★ 병으로 인한 거식

감기(RI), 마우스롯(입 염증), 장염 등으로 식사를 거부하는 경우도 있습니다. 평소와 숨소리가 다르거나, 입에서 침이나 거품이 나오거나, 설사를 하거나, 몸무게가 빠르게 줄어들거나, 30% 이상 무게가 줄어들었을 경우 동물병원에 찾아가 적절한 치료를 받아야 합니다. 크게 네 가지 이유지만, 탈피 과정인 블루가 왔을 때 먹이를 먹지 않는 경우도 있습니다. 볼파이톤을 입양했는데 먹이를 먹지 않는 경우 아래 과정을 따라 해보시는 것도 추천합니다.

① 자연스러운 사이클에 의한 거식인지 체크해봅니다. 개체가 충분히 살이 쪘고 크기가 크고 나이가 찼다면 먹지 않아도 건강에 이상이 없기 때문에 먹이를 주지 않아도 괜찮습니다.

② 자연스러운 사이클로 인한 거식이 아니라면, 기존에 먹던 먹이보다 더 작은 먹이를 해동합니다 (하퍼를 먹었다면 퍼지, 중을 먹었다면 소).

③ 충분히 온도를 올려준 후 사육장 안에 조심스럽게 넣어줍니다. 이때, 핀셋 피딩은 시도하지 않습니다.

④ 5~6시간 뒤 확인 후 먹지 않았다면 며칠 뒤 ②에서 시도했던 먹이 종류와 다른 먹이 종류로 바꿔 ① ~ ② 과정을 다시 시도합니다(래트였다면 마우스로, 마우스였다면 래트로).

⑤ 살아있는 먹이를 넣어줍니다. 이때, 먹지 않는다면 며칠 뒤 먹이 종류를 바꿔 재시도합니다.

⑥ 개체를 한 사이즈 더 작은 터브로 옮겨줍니다. 포맥스/채집통을 사용 중일 경우, 몸에 꼭 맞는 은신처를 더 넣어준 뒤 어둡고 조용하게 해줍니다. 온도를 2℃ 정도, 습도도 더 올려줍니다.

⑦ 개체가 적응할 시간이 지났다면 ① ~ ④ 과정을 시도합니다. 위 과정 중 개체의 체중이 30% 이상 감소했는지, 질병 증상은 없었는지 체크해보고 이상이 있다면 동물병원에 가서 진찰을 받는 것이 좋습니다.

21 이모지 Emoji

▶ 타입: 기타

▶ 같은 계통 유전자: 없음

이모지는 Kinova의 Justin Kobylka로부터 시작되었습니다. 어느 날 그가 해칭한 볼파이톤의 몸의 무늬가 웃는 사람의 이모티콘과 같은 것을 보고 몇 장의 사진과 함께 Emoji라는 표기를 시작하였습니다. 그 사진으로 전 세계 매스컴에 주목을 받으며 많은 사람들에게 볼파이톤을 알리는 계기가 되었습니다.

OH HAPPY DAY!

이모지 Emoji

22 패러독스 Paradox

출처 48

패러독스 Paradox

▶ 타입: 기타

▶ 같은 계통 유전자: 없음

패러독스는 유전자가 아닌 불특정하게 나타나는 독특한 발색이나 무늬를 가지고 있는 개체들을 일컫는 용어입니다. 유전자임을 입증하는 시도는 계속해서 이루어지고 있습니다.

엔치 레오파드 아이보리 파이드 패러독스
Enchi Leopard Ivory Pied Paradox

모하비 옐로벨리 파이드 패러독스
Mojave Yellowbelly Pied Paradox

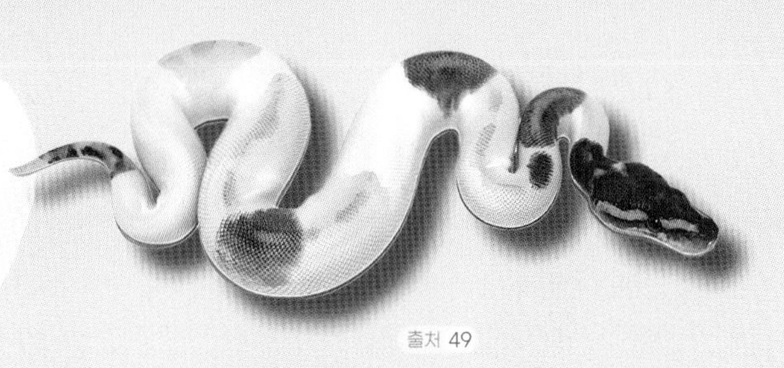

출처 49

출처 50

블랙헤드 스페셜 파이드 패러독스
Blackhead Special Pied Paradox

출처 51

레드스트라이프 옐로벨리 레드헤드 스팟노즈 패러독스 Redstripe Yellowbelly Redhead Spotnose Paradox

출처 52

라벤더 알비노 패러독스 Lavender Albino Paradox

출처 53

옐로벨리 라벤더 패러독스

Yellowbelly Lavender Paradox

자료 출처

NO.	페이지	출처
01	17	https://en.wikipedia.org/wiki/Albertus_Seba
02	32	KINOVA 제공
03	34	KINOVA 제공
04	34	KINOVA 제공
05	34	KINOVA 제공
06	35	J. Kobylka Reptiles 제공
07	35	KINOVA 제공
08	62	KINOVA 제공
09	62	KINOVA 제공
10	63	KINOVA 제공
11	65	https://www.reddit.com/r/ballpython/comments/z1dvdt/120g_4ftx2ftx2ft_bioactive_ball_python_enclosure/?rdt=53753
12	66	https://www.youtube.com/watch?v=VzfyElb8D9Y
13	80	KINOVA 제공
14	80	KINOVA 제공
15	81	KINOVA 제공
16	81	KINOVA 제공
17	83	https://m.newrunreptile.co.kr/
18	84	http://milimpet.co.kr/main/index.php?pcView=y
19	84	https://m.blog.naver.com/eruriee/222982163794
20	96	KINOVA 제공
21	97	KINOVA 제공
22	102	KINOVA 제공
23	103	J. Kobylka Reptiles 제공
24	106	KINOVA 제공
25	106	KINOVA 제공
26	107	KINOVA 제공

27	107	KINOVA 제공
28	117	KINOVA 제공
29	124	KINOVA 제공
30	125	KINOVA 제공
31	125	KINOVA 제공
32	127	https://blog.naver.com/PostView.naver?blogId=ball_python&logNo=222909927361
33	128	https://www.jwroyals.co.uk/royal-python-illness
34	128	https://exopetguides.com/reptiles/snakes/ways-to-treat-scale-rot/
35	129	https://www.flickr.com/photos/herputopia/160156655
36	136	KINOVA 제공
37	137	KINOVA 제공
38	137	KINOVA 제공
39	137	KINOVA 제공
40	142	J. Kobylka Reptiles 제공
41	142	J. Kobylka Reptiles 제공
42	142	KINOVA 제공
43	143	KINOVA 제공
44	143	J. Kobylka Reptiles 제공
45	152	KINOVA 제공
46	152	KINOVA 제공
47	153	INOVA 제공
48	160	KINOVA 제공
49	161	KINOVA 제공
50	161	KINOVA 제공
51	162	KINOVA 제공
52	162	KINOVA 제공
53	163	KINOVA 제공
	게티이미지뱅크	https://www.gettyimagesbank.com/
	셔터스톡	https://www.shutterstock.com/

Than

ACE REPTILE 최민웅

ART REPTILE 김경호

BALLBOY 김한솔

CORE BALLPYTHON 이창현

D.H.Y PYTHON 윤도현

ENDLESS PYTHON 문정수

KINOVA JUSTIN KOBYLKA

윤예지

Have a good time

Rain Frog

다흑 X 페뷸러스

안녕하세요 볼파이론입니다.

초판발행 2024년 5월 1일

지은이 다흑 · 페뷸러스
펴낸이 노 현
기획/편집 김보라
기획/마케팅 차익주 · 김락인
표지/내지 디자인 이소연
제 작 우인도 · 고철민
펴낸곳 ㈜ 피와이메이트
서울특별시 금천구 가산디지털2로 53, 210호(가산동, 한라시그마밸리)
등록 2014. 2. 12. 제2018-000080호(倫)
전 화 02)733-6771
f a x 02)736-4818
e-mail pys@pybook.co.kr
homepage www.pybook.co.kr
ISBN 979-11-6519-993-7 03810

정 가 18,500원

박영스토리는 박영사와 함께하는 브랜드입니다.